3800시간

3800시간

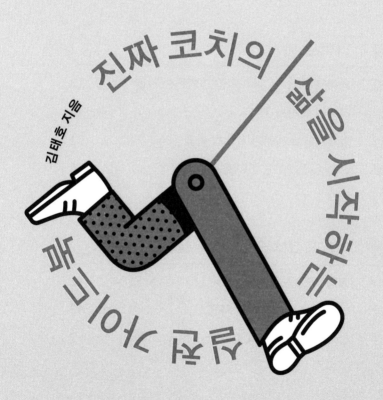

김태훈 지음

진짜 코치의 삶을 시작하는 뻔뻔한 가이드북

텍스트
CUBE

목차

코칭이 무엇인지 많은 사람들이 알지 못하던 시기, 라이프 코칭에 인생을 걸고 뛰어들었던 한 청년이 있습니다. 사범대를 마치고 교사가 될 수도 있었지만 아무도 가지 않던 길을 용감하게 선택했던 김태호 코치입니다. 그의 〈3800시간〉은 라이프 코칭의 사명을 가진 여러분에게 막연한 이론이 아닌 실제적 방법을 제시합니다.

방향을 잃은 배는 풍랑을 헤치며 항해할 수 없습니다. 거센 풍랑으로 가득한 시대, 청소년을 비롯한 대한민국의 많은 이들이 표류하고 있습니다. 어느 때보다 라이프 코칭이 절실한 이때, 김태호 코치의 〈3800시간〉이 망망대해를 항해하는 수많은 배에 작지만 뚜렷한 등대가 되기를 응원합니다.

최윤섭 알파미래인재연구소 대표

라이프 코칭을 하다 보면 때때로 정체성 혼란이 찾아옵니다. 혼란 속에서 마주했던 건 '코치란 어떤 사람일까?', '도대체 코칭이 뭐야?'라는 허우적대는 몸부림 같은 질문이었습니다. 〈3800시간〉을 읽으면서 비로소 혼란의 이유를 깨닫게 되었습니다.

대한민국 코칭 시장에 대한 명쾌한 설명. 어디서 어떻게 출발할지 친절한 안내와 더불어 3800시간의 깊은 경험을 녹여낸 글을 읽으며 든든한 지원군을 얻은 기분이었습니다.

이미 코칭을 하는 전문 코치에게는 초심을 세워줄 이정표가 될 것이며, 이제 코칭을 막 시작한 사람에게는 코칭의 기본서가 될 것입니다. 또 코칭에 관심 있는 개인이라면 책을 읽는 것만으로도 더 나다운 삶을 살아가게 돕는 안내서가 될 것입니다. 사람을 살리는 일. 그 온전한 마음이 담긴 이 책이 널리 읽히길 바랍니다. 라이프 코칭의 기본을 담은 보물 같은 책을 내주셔서 감사합니다.

진정아 딜라이트 라이프코칭랩 대표

처음 가보는 여행은 설렘과 두려움이 함께 합니다. '코칭'이라는 여행도 마찬가집니다. 저자는 코칭 여행을 하는데 필요한 핵심을 미사여구나 비법으로 장식하지 않고, 오로지 코칭 관련 지식과 경험, 그리고 깊은 생각만을 오롯이 담백하게 담았습니다.

코칭을 선명하게 이해하도록 직접 겪은 사례를 곁들인 기막힌 통찰과 신뢰할 수 있는 코칭 모델(PDRC)과 코칭 지도(ABCDE)로 설명합니다. 코칭에 대한 저자의 순수함과 균형 잡힌 열정, 휴머니즘이 잘 담긴 책입니다.

김헌수 아주대 경영대학원 코칭전공 겸임교수

처음 김태호 코치님을 멘토로 소개받았던 때가 떠오릅니다. 나이는 생각보다 조금 더 어리셨지만, 코치님께 코칭뿐만 아니라 많은 것을 배웠습니다. 이 책은 쉽게 읽을 수 있지만, 가볍게 읽을 수 있는 책은 아닙니다. 김태호 코치의 실제 고민과 노력이 만든 코칭의 정수가 담겼기 때문입니다. 특히 코칭 프로세스가 인상적입니다. 김태호 코치의 〈3800시간〉을 바탕으로 코칭 모델(PDRC)과 코칭 지도(ABCDE)를 바로 적용해보고 싶어졌습니다. 실제로 적용할 수 있는 부분이 많은, 확실한 도움을 주는 책입니다.

박진현 계원예술대학교 교수

저는 지난 세월 동안 김태호 코치를 옆에서 지켜보며 이분은 젊은 리더가 지녀야 할 자질을 갖춘, 깨끗한 영혼을 가진 청년이라고 생각했습니다.

김태호 코치는 코치라는 직업에 도전해서 잘 성취해 가는 분입니다.

자신의 경험을 집약해 코치에게 도움을 주는 귀한 책을 발간하게 되어 진심으로 축하드립니다.

장충환 한국 네비게이토선교회.대구 대표

코칭 시간이 코치를 증명한다

"20대에 코칭을 시작해서 10년 넘게 살아남았다면, 이제 노하우를 공유해도 되지 않을까요?"

순간 망치로 한 대 얻어맞은 느낌이었습니다. 저는 깊은 생각에 잠겼습니다. 그분은 일본의 유명한 코치님이었고, 사업가이자 교수로 왕성하게 활동하고 계신 분이었습니다. 함께 지하철을 타고 가며 편하게 대화를 나누다가 나온 그분의 질문이 이 책을 집필하게 해준 씨앗이 되었습니다.

3800시간의 경험과 노하우를 나누는 이유

안녕하세요. 라이프 코칭 회사 〈행복공방〉의 김태호 코치입니다. 저는 2010년부터 라이프 코칭을 시작해 이 글을 쓰는 2021년을 기준으로 코칭 12년 차에 접어들었습니다. 한국 코칭의 역사가 그리 오래되지 않았다는 것을 고려한다면 12년은 긴 시간이라고 생각합니다.

그동안 4000회에 가까운 개인 코칭을 진행했습니다. 그룹을 대상으로 하거나 기업을 대상으로 했던 코칭은 포함하지 않은 개인 코칭만 집계한 숫자입니다. 따로 개인 코칭만 이야기하는 이유가 있습니다. 개인 코칭이야말로 앞으로 한국 코칭 시장이 성장하기 위해서 반드시 활성화되어야 할 가장 중요한 분야이기 때문입니다.

12년, 3800시간이 넘는 동안 고객의 성장을 도왔습니다. 고객의 시각으로 세상을 보고, 고객의 성장 과정을 모두 지켜봤습니다.

우리나라는 이미 많은 코치를 배출하고 있고, 다양한 분야에서 활발하게 활동하는 훌륭한 코치님들이 많이 계십니다. 그러나, 앞으로 코치가 되고자 하는 분들, 혹은 코치 자격을 갖추기 위해서 준비하고 계신 분들, 그리고 무엇보다 **자격을 갖추고 코치로서 첫발을 내딛는 분**들이 겪고 있는 여러 가지 실제적인 어려움과 고충 또한 이루 말할 수 없는 것도 사실입니다. 그리하여 긴 고민 끝에 책을 쓰기로 결심했습니다. '코치'의 삶을 선택하신 모든 분들에게 미력하나마 힘이 될 수 있기를 바랍니다.

김태호 올림

1부

라이프 코치

1장 라이프 코치:
잠재력을 믿고 일하는 사람

전문 코치는 인간의 잠재력을 다루는 대표적인 직업입니다.
우리가 코치라는 단어를 사전에서 검색하면 다음과 같이 나
옵니다.

코칭 기법을 활용하여 개인, 부부, 청소년 등의 코칭 대상자 스
스로가 인간관계 개선, 인생의 의미와 목표 발견, 삶의 만족감
향상 등을 위한 방법을 찾고 실천할 수 있도록 상담이나 조언
등을 한다.*

우리나라 코칭 관련 기관 중 가장 큰 사단법인인 한국코치
협회가 있습니다. 한국코치협회는 코칭을 이렇게 정의합니다.

* 워크넷, 『한국직업사전』 재인용

개인과 조직의 잠재력을 극대화하여 최상의 가치를 실현할 수
있도록 돕는 수평적 파트너십

얼핏 보면 코치는 상당히 복잡한 일을 하는 사람으로 보입
니다. 그래서 저는 제 고객에게 이렇게 설명합니다.

"더 자기다운 삶을 살도록 도와드립니다."

저는 이 말이 고객에게 직접 가닿는 가장 적절한 표현이라
고 생각합니다. 왜냐하면, 코칭에서 말하는 '수평적 파트너'
라는 표현이 우리에게 그리 익숙한 표현이 아니기 때문입니
다. 최상의 가치를 실현한다는 표현도 마찬가지 같아요. 오
히려 고객 입장에서는 자신이 무엇을 얻어갈 수 있는지 설명
해주는 방법이 더 쉽게 와 닿는 것 같습니다. 그래서 저는 더
자기다운 삶을 살도록 돕는다는 표현으로 소개하고 싶어요.
코칭에 대한 설명 방식은 코치들의 숫자만큼이나 다양합
니다. 더 많은 코치를 만나고 대화하시다 보면 코칭이란 무
엇인지 더 많은 아이디어를 얻으실 거예요. 우리의 잠재력은
이미 우리 안에 존재합니다. 그 잠재력을 이끌어주어 고객
스스로 성장하도록 돕는 역할이 바로 코치입니다.

신뢰라는 방법론

이제 '코칭'에 대해 간략하게 설명을 해보겠습니다. 코칭은 코치 자신보다 **고객의 잠재력을 믿는 방법론**입니다. 고객은 이미 답을 알고 있다고 가정합니다. 코치는 이미 온전한 사람이 더 탁월하게 잠재력을 발휘할 수 있도록 돕는 일을 합니다. 따라서 코칭을 하는 코치 자신보다 코칭이라는 방법과 고객을 믿고 진행하는 것이 핵심입니다. 코칭에 대해 더 자세하게 살펴볼까요?

1. 코칭 기법을 사용합니다.

코칭에서 사용하는 기법은 질문, 경청, 반응의 세 가지입니다. 코치는 질문과 경청, 반응의 세 가지 기법으로 고객이 자신만의 해답을 찾도록 돕습니다.

2. 고객이 스스로 하도록 돕습니다.

코치는 고객이 자신의 삶을 스스로 변화시키도록 용기를 줍니다. 마지막에는 코치가 없어도 스스로 해낼 수 있도록 하는 것이죠.

3. 새로운 관계 경험을 제공합니다.

코치와 고객의 관계는 일상적인 관계보다 특별합니다. 수평적이고, 낙관적이고, 격려와 지지를 아끼지 않습니다. 목적이 있는 대화를 하고, 고객의 문제해결 방안을 함께 찾아가는 대화를 합니다. 무엇보다 불필요한 조언과 충고는 하지 않습니다. 그저 파트너로서 곁에 존재합니다. 이것은 우리나라의 관계 문화로 본다면 아직 낯선 '수평적인 관계'입니다.

4. 삶을 더 윤택하게 만들어 줍니다.

작은 습관부터 대화, 더 나아가 진로 선택과 과업 달성까지 코칭은 우리 삶의 질을 높여주고, 더 큰 행복과 만족을 가져다 줌으로써 삶을 훨씬 더 풍요롭게 만듭니다.

5. 해결책을 실천하도록 돕습니다.

코치는 대화를 통해서 고객이 자신의 선택을 실천하도록 돕습니다. 코치가 답을 주는 것이 아니라, 고객 스스로 자신의 삶을 선택하고 구체적인 행동을 하도록 독려합니다.

2장 라이프 코칭의 힘

사람을 성장시키는 방법은 다양합니다. 심리 상담, 컨설팅, 교육, 멘토링 등이 가장 대중적입니다. 그런데 코칭은 한국에 소개된 지 20년 가까이 되고 있지만 여전히 일반인에게는 생소합니다. 하지만 저는 코칭이 장기적인 면에서 개인의 자아실현에 가장 효과적인 방법이라고 생각합니다. 코칭은 다른 성장 방법이 갖지 않은 특징을 갖고 있기 때문입니다. 저 자신부터 코칭을 통해 변화와 성장을 이뤄냈고, 저의 고객들도 다양한 분야에서 성장하는 모습을 지켜봤습니다. 코칭의 특징을 다루기 전에, 코칭이 다른 분야와 어떤 차이가 있는지 먼저 살펴보겠습니다.

과거지향적 vs. 미래지향적

1. 상담

여기서 말하는 상담은 심리치료를 목적으로 하는 상담을 뜻합니다. 상담을 받아 보신 분이라면 누구나 공감할 것입니다. 상담의 주된 주제는 과거의 사건입니다. 과거의 사건을 통해 지금의 내가 영향을 받고 있기에 그 원인이 되는 과거의 사건을 해결하려는 것이죠. 그 방법으로 지금 내가 무언가를 하게 됩니다. 그렇기에 상담은 과거지향적이라 볼 수 있습니다. (물론 최근의 상담은 더 다양한 영역을 다루고 있습니다. 하지만 여기서는 더 전통적인 상담을 이야기합니다.)

2. 교육과 강의

누군가를 가르친다는 것은 지식을 전달하는 과정입니다. 이때 전달하는 지식이란 어느 시점의 것인가요? 바로 과거의 지식입니다. 과거의 지식을 현재의 누군가에게 전달하는 것이죠. 결국 과거의 것을 답습할 수밖에 없습니다. 예를 들어 상대성 이론을 배운다고 하면 우리는 아인슈타인의 시대로 돌아가서 그의 이론을 보는 것이죠. 그러므로 교육과 강의 역시 과거지향적이라고 볼 수 있습니다.

3. 멘토링

멘토링은 선배가 후배에게 자신의 경험을 바탕으로 도움을 주는 방식입니다. 하지만 선배의 경험 역시 과거의 경험입니다. 현재 문제를 현재 시점에서 말하지 못하는 것이죠. 결국 멘토링도 과거지향적이라고 볼 수 있습니다.

4. 컨설팅

컨설팅은 위 방식들과는 조금 다릅니다. 과거와 현재의 내가 가지고 있는 것을 철저히 분석하여 지금 해야 할 것을 알려줍니다. 이러한 부분에서 컨설팅은 비교적 미래지향적이라고 볼 수 있습니다.

코칭은 무엇에 주목할까?

1. 미래지향적이다.

이제 코칭을 살펴보죠. 코칭에서 가장 중요한 것은 무엇일까요? 고객이 원하는 목표와 고객의 현재being입니다. 그렇기에 코치는 고객이 원하는 목표가 무엇인지 가장 먼저 질문합니다. 고객이 현재 어떤 상태인지는 그다음에 질문합니다.

과거의 실수, 단점 등에는 크게 관심 갖지 않습니다. 그것이 그렇게 치명적이지 않다면 말이죠. 오히려 앞으로 무엇이 하고 싶은지, 그것을 이루게 된다면 어떤 기분일지 등 미래에 더 집중합니다. 심지어 코칭은 고객이 원치 않는다면 과거 이야기를 전혀 하지 않아도 효과를 볼 수 있습니다.

그렇다면 이 미래지향적인 특징이 어떤 차이를 만들어 낼까요? 청소년 고객을 가정한 한 가지 대화 예시를 보겠습니다.

A 무엇 때문에 찾아왔어요?

B 진로를 생각하는데 막막해서요

A 진로 관련해서 어떤 것을 해봤어요?

B 학교에서 주관하는 진로 캠프에 참여해 봤고, 선생님께 상담도 받았어요.

A 그래서 어떻게 생각해요?

B 심리 검사 결과로 상담을 받아봤는데, 그게 맞는지 잘 모르겠고…… 공부를 해도 학교 성적도 안 올라서 막막해요.

A 진로를 생각할 때 걸림돌이 되는 게 뭐예요?

B 성적이요.

A 지금 몇 점인가요?

B 대충 평균 40점 정도예요.

A 그럼 몇 점까지 올리고 싶어요?

B 평균 50점만 돼도 좋을 것 같아요.

이 대화가 어떻게 보이시나요? 아마 대부분의 성인이 청소년과 하는 진로 대화는 이런 순서일 것입니다. 대화에서 A는 B의 과거에 대해 가장 먼저 관심을 보입니다. '과거에 어떤 것을 해 봤나요?', '지금은 점수가 몇 점인가요?' 같은 질문은 모두 과거를 겨냥하고 있습니다.

한 번 모두 같이 B의 입장이 되어볼까요. 진로는 막막하고, 노력해 봐도 점수는 안 오르고, 뭘 해야 할지 모르는 답답한 상황에 누군가 나를 도와줄 사람을 찾았습니다. 그랬더니 그 사람이 묻습니다. '무엇을 해보셨어요?', '지금은 어떤 상황이세요?' 이 두 가지를 떠올릴 때 우리는 동기가 생길까요? 해 봐도 안 됐기 때문에 찾아왔죠. 잘 안 풀리는 이유에 대해서 먼저 묻는다면 고객은 어떤 감정이 들까요. 어떤 청소년 고객은 과거 다른 상담을 받으며 했던 경험을 이렇게 말했습니다. "이미 점수가 안 나오고 자존심 상해서 왔는데 한 번 더 제 입으로 선언하게 하니까 더 부담스러웠어요."

성인도 크게 다르지 않습니다. 직장인 고객분이 했던 이야기입니다. "저도 성과를 올리고 싶죠. 누가 안 하고 싶어서 안 하나요? 잘 안 되고 어렵고 안 그래도 부담스러운 상황인

21

데 누가 옆에서 왜 안 됐는지 물어보면 정말 화가 나요." 이처럼 사람들은 과거의 실패 경험을 집중적으로 들추는 것을 기뻐하지 않습니다.

이 대화를 계속하고 싶을까요? B는 동기가 떨어질 수밖에 없습니다. 더 큰 꿈이나 목표를 떠올릴 수도 없습니다. 그저 현재 상황에서 조금이나마 나아지면 좋겠다는 수준의 생각을 할 뿐이죠. 이런 생각의 흐름은 자연스러운 것 같아요. 자신의 발목을 잡고 있는 문제나 경험에 대해서 충분하게 이야기한 뒤에 꿈이나 목표를 물어본다면 누구도 큰 꿈이나 거창한 목표를 생각해 낼 수 없을 테니까요.

이처럼 무언가를 잘해보고 싶어 도움을 청하러 온 사람에게 과거에 대한 질문을 하는 건 큰 도움이 되지 않습니다. 그럼 다른 예시를 보겠습니다.

A 미래에 자신이 어떤 모습이면 좋겠어요?

B 집도 있고 결혼도 하고 나름대로 제 분야에서 성공한 사람이 되면 좋겠어요.

A 어떤 분야에서 성공하고 싶은데요?

B 잘은 모르겠지만 최근에 우연히 보고 관심이 갔던 분야는 정보보안 전문가예요.

A 그랬군요. 그러면 오늘 대화에서는 뭘 달성하면 좋을까요?

B 사실 그거보다 더 걱정되는 것은 성적이에요.

A 자기 분야에서 성공하는 사람이 되기 위해서 다음 시험에서 몇 점 정도 받아야 좋을 것 같아요?

B 70~80점 정도요. 높으면 높을수록 좋을 것 같아요. 그런데 저는 지금 공부를 잘 못해요.

자, 아까의 대화와 비교해서 이번 대화는 어떻게 느껴지나요? 이 대화에서 A는 B의 과거에 집중하지 않습니다. 질문의 순서부터 다릅니다. 미래를 먼저 질문합니다. 앞으로 무엇을 하고 싶은지에 대해서 집중을 하죠.

우리도 한 번 생각해 볼까요? 가장 하고 싶은 게 뭔가요? 가장 이루고 싶은 것이 뭔가요? 무엇을 이루면 나의 삶이 가장 가치 있게 느껴질까요? 이처럼 미래에 내가 하고 싶은 것, 되고 싶은 것을 질문하는 것은 고객으로 하여금 동기를 강화하고, 실천 의지를 만들어 줍니다. 그리고 더 큰 것에 도전할 수 있도록 도와주죠. 이것이 바로 미래지향적인 대화의 장점입니다.

A 오늘 어땠어요?

B 음…… 사실 올 때 별로 기대를 안 했거든요. 뭔가 더 나
이가 많은 분이 여기 앉아서 여러 가지 조언을 해주시고,
저는 이야기를 듣고 있다가 나갈 줄 알았어요. 그런데 전
혀 달라서 좋았어요.

A 뭐가 달랐는데요?

B 제 이야기를 더 많이 했어요. 그리고 조언을 듣는 분위기
가 아니어서 좋았어요.

A 그랬군요?

B 네. 보통은 심리 검사 같은 거 하고, 왜 못하는지 물어보
는데 코칭은 달랐어요. 왜 못했는지 전혀 물어보지 않으
셨어요.

2. 실행 계획을 세우는 주체가 고객이다.

코칭에서는 모든 회기마다 실행 계획을 세우게 되는데, 그
실행 계획을 세우는 주체는 바로 고객 자신입니다. 코치는
고객이 스스로 실천 가능한 실행 계획을 세우도록 구체적으
로 질문합니다. 언제, 누구와 어떻게, 얼마나 할지 모두 정합
니다. 그렇기 때문에 할 일이 명확해진 고객은 더 이상 막막

한 상태가 아닙니다. 실천하기만 하면 되기 때문이죠. 그리고 고객이 직접 정하는 실행 계획은 고객으로 하여금 실행 동기와 책임감을 높여 줍니다. 실천의 반복은 작은 성공 경험이 되고, 결국 고객의 자존감에도 긍정적인 영향을 줍니다.

교육, 컨설팅, 멘토링, 상담에서도 실행 계획을 세우기도 합니다. 하지만 대부분 전문가가 실행 계획을 정해주어 고객은 전문가가 정해준 틀 안에서 선택합니다. 이렇게 될 경우 실행 가능성에서 큰 차이가 나게 됩니다. 전문가가 이상적인 실행 계획을 제시했을 때 그것을 해낼 수 있는 사람은 그리 많지 않습니다. 또한 다른 누군가가 정해주는 방식은 고객 스스로 결정하는 방법에 비해서 성장에 별로 도움이 되지 않습니다.

성장은 미래에 대한 것입니다. 그 미래를 살아가야 하는 것도, 실천해야 하는 것도 고객 자신이죠. 그런데 만약 스스로 계획을 세우고 이행하고 책임지는 경험을 하지 못한다면 어떨까요? 무기력하고 수동적인 태도를 초래하게 됩니다. 코칭은 고객으로 하여금 실천하는 힘을 만들어주고 그 힘을 통해 미래를 바꿀 수 있도록 격려해 줍니다.

신기했어요. 마지막에 숙제처럼 뭔가 해야 할 일이 생겼는
데, 기분이 나쁘지 않아요. 다른 숙제랑 달라요. 해 볼 수 있
을 것 같아요. 대학생 고객

3. 대안중심적이다.

코칭이 효과적인 세 번째 이유는 코칭이 대안중심적이기
때문입니다. 코칭의 대안중심적인 특징은 미래지향적인 특
징과 맞물려 작용합니다. 고객은 미래지향적인 특성 덕분에
큰 꿈이나 사명을 정할 수 있고, 대안중심적인 특성 덕분에
과제를 현실로 만드는 방법에 집중할 수 있습니다. 결국 허
황된 꿈에 머물지 않고 꿈을 실천할 수 있게 됩니다.

과거지향적인 대화는 결국 분석, 원인 파악, 문제점 찾기
로 이어지기 쉽습니다. 말하는 우리의 의도가 그렇지 않았다
고 하더라도 상대방의 머릿속에서는 그런 일이 일어납니다.
그런 대화는 창의적인 대안을 찾기 어렵게 만듭니다.

상대방의 문제점이나 안되는 이유에 집중하는 대화는 결
국 동기를 감소시킬 수밖에 없습니다. 하지만 코칭은 그러한
것에 집중하지 않습니다. 오히려 잘 할 수 있는 것을 찾고, 힘
들어도 할 수 있는 것을 찾으며 대안을 찾기 위해 끊임없이

노력합니다. 그렇기 때문에 결국 실천 가능한 계획을 세울 수 있도록 합니다.

- 누가 이렇게 했어요?
- 이거 왜 이렇게 됐어요?
- 왜 못했어요?
- 당신이 그걸 왜 못했다고 생각해요?
- 왜 지금 같은 상황이 됐다고 생각해요?

저는 위와 같은 질문을 '원인 찾기 질문'이라고 합니다. 원인 찾기, 책임자 찾기는 우리 일상에서 너무도 자주 등장하는 일이죠. '이거 누가 했어요?', '책임자가 누군가요?' 같은 질문을 심심치 않게 듣습니다. 여러분은 이런 질문을 받으면 어떤 기분이 드시나요? 가슴이 답답하거나, 기운이 떨어질 거예요. (물론 가끔 그러한 질문이 효과를 발휘하기도 합니다.) 그런 대화가 과연 고객의 변화와 성장에 얼마나 도움이 될까요? 그렇게 큰 도움이 되지 않을 거예요. 심지어 나쁜 감정만 기억에 남게 되죠. 두 질문에 대한 답은 이미 정해져 있기 때문입니다. 그리고 그 답을 떠올리는 순간 상대는 동기가 저하되고 자책감에 빠지기 쉽습니다. 그렇게 되면 당연히 실천은 물 건너간 일이 됩니다.

왜 못했는지는 저도 알아요. 그냥 그런 이야기는 하기 싫은 거예요. 그런데 엄마는 자꾸 그런 것만 물어봐요. 그러면 더 하기 싫어요. 중학생 고객

코칭은 안 되는 이유, 하지 못하는 이유에 집중하지 않습니다. 그보다 할 수 있는 방법, 할 수밖에 없는 이유에 집중합니다. 그러다 보니 고객의 긍정적인 가능성에 초점을 맞추게 됩니다. 고객도 자신에 대해서 긍정적인 평가를 할 수 있는 경험을 할 수 있죠. 코칭이 이와 같은 대안중심적 특징을 갖고 있기에 지금 시대 고객의 성장에 가장 효과적이라고 생각합니다.

4. 성장에 필요한 패러다임을 연습한다.

코칭이 효과적인 네 번째 이유는 성장에 필요한 패러다임을 연습할 수 있기 때문입니다. 가장 근본적인 변화와 성장은 패러다임의 전환에서 옵니다. 패러다임은 우리가 무언가를 인식하는 틀 정도로 생각할 수 있습니다. 우리가 어떤 상황에 맞닥뜨렸을 때 순간적으로 대응하거나 어떤 감정을 느끼는데, 이는 패러다임의 영향을 받기 때문이죠.

성공했을 때보다 실패했을 때 코칭의 패러다임 연습은 큰 빛을 발합니다. 인간은 긴장하거나 극도의 스트레스를 받게 되면 평소 습관이 더 잘 드러나게 됩니다. 특히 집중해야 하는 대상이 분명하다면 그 외 나머지 정보에 대해서는 습관적으로 처리하기 쉽습니다. 실패 상황은 분명 스트레스를 가중하는 상황이고, 그럴 때일수록 평소에 연습한 코칭적인 패러다임 연습이 빛을 발하게 되는 것이죠. 이 연습은 우리가 자괴감에 빠지거나, 허황된 꿈만 꾸도록 놔두지 않습니다. 지금 내가 뭘 원하는지 다시 분명하게 찾도록 하고, 현실적으로 지금 해 볼 수 있는 것은 무엇인지, 그것을 어떻게 실천에 옮길지를 먼저 생각하게 도와줍니다.

코치님, 이제 제가 어느 대학을 가는지는 중요하지 않은 것 같아요. 이렇게만 하면 앞으로 계속 성장할 수 있을 것 같아요. 저 꼭 연구원이 되고 싶어요. 고등학생 고객

이러한 생각의 방향 역시 습관이 됩니다. 미래지향적으로 내가 원하는 것을 어떻게 달성할지, 구체적으로 어떤 계획을 세울지 반복적으로 생각한 사람은 실패상황에서도 효율적

인 대안을 찾아서 반응합니다. 결과적으로 코칭적 패러다임은 그동안 도전하지 않았던 방법을 통해 자신의 목적에 가까워지는 행동을 하게 만듭니다. 이러한 변화는 우리가 미래를 설계하고 이뤄나가는 데 필수적입니다.

3장 자격시험과
진정한 코치의 자격

코치가 되는 여정의 출발은 바로 자격증 취득입니다. 간혹 자격증 없이 활동하는 분도 계시지만, 저는 자격증을 갖추길 추천 드립니다. 고객 관점에서 이 사람이 얼마나 신뢰할 만한 사람인지 구분하고 판단하는 데 도움이 되기 때문이죠. 자격증 취득은 고객을 위한 첫 번째 자세(혹은 준비)라고 생각합니다. 아쉽게도 코치 자격증은 국가 공인 자격증은 아닙니다. 그러다 보니 기관에서 발급하는 자격증을 갖추는 것이 일반적인 방법입니다. 코치 자격증을 발급하는 기관은 많지만 한국에서 가장 많은 회원을 보유한 곳은 앞서 말씀드린 한국코치협회입니다. 전 세계적으로는 국제코칭연맹ICF이 가장 많은 회원을 보유하고 있습니다.

여정의 방식은 여러 가지, 자격증도 마찬가지

코치라는 전문가에 도달하기 위한 여정에는 여러 가지 방법이 있습니다. 위에서 말씀드린 대표적인 두 기관의 자격증으로 설명해 드릴게요. 먼저, 한국코치협회의 자격증은 KAC, KPC, KSC 3단계로 구분됩니다. KAC부터 순서대로 시험 응시에 필요한 교육 시간과 코칭 시간이 증가합니다. 자격시험 응시도 3단계의 순서를 따라서 진행해야 합니다. 즉 KAC 자격을 갖추어야 KPC에 응시가 가능하다는 것이죠.

국제코칭연맹ICF의 자격증은 ACC, PCC, MCC 3단계로 구분됩니다. 이 세 개의 자격증 역시 단계별로 응시에 필요한 교육 시간과 코칭 시간이 증가합니다. 단, 2020년 기준 ACC와 PCC 자격시험 응시에 필요한 교육 시간이 125시간으로 같습니다. PCC의 경우는 ACC가 없어도 바로 지원할 수 있다는 특징이 있습니다.

첫발로 내딛기 좋은 KAC

혹시 두 기관 중에 어떤 자격증을 취득해야 하는지 고민되시나요? 대부분의 코치가 첫발로 내딛는 자격증은 KAC입니다. 그 이유는 필요한 교육 시간과 실습 시간에 있습니다. KAC자격증의 지원 자격은 20시간의 코칭 교육과 50시간의 코칭 실습으로, 다른 자격증에 비해 가장 낮습니다. 따라서 이 자격증을 먼저 준비하는 것이 현실적입니다.

　① KAC 응시 지원 자격 갖추기
　KAC시험에 응시하려면 20시간의 코칭 교육과 50시간의 코칭 실습이라는 지원 자격이 충족되어야 합니다. 20시간의 교육 시간을 충족하기 위한 두 가지 방법이 있습니다. 한국코치협회에서 인증하는 ACPK 교육을 이수하는 방법과 포트폴리오를 통해 지원하는 방법입니다. 둘 중 더 일반적인 방법은 전자이므로, 전자에 초점을 맞춰 설명 드릴게요. 한국코치협회 홈페이지에 들어가면 교육을 수료할 수 있는 기관 리스트를 확인하실 수 있습니다. [홈페이지 - 자격인증 - KAC자격인증기관 - KAC자격인증기관 리스트] 순으로 클릭하시면 됩니다. 그 중 자신의 상황에 가장 잘 맞는 기관의 교육을 선택해서 들으시면 됩니다.
　교육을 다 이수하셨다면 코칭 실습을 합니다. 그런데 처음 교육을 받는 분이라면 코칭 고객을 구하기 어렵습니다. 그럴 경우 기관에 도움을 요청할 수 있습니다. 교육을 수료한 사람들끼리 코칭 연습을 할 수 있도록 환경을 제공해 주는 등 방식은 기관마다 다양합니다. 50시간의 실습 시간을 충족하셨다면 이제 KAC 자격 인증시험에 응시할 수 있습니다.

② KAC 자격 인증시험

인증시험은 총 세 단계로 이뤄집니다. 1단계 서류전형, 2단계 필기전형, 3단계 실기전형입니다. 1단계인 서류전형 단계에는 두 가지 방법이 있습니다. 자신이 교육을 받은 기관에 지원하는 방법과 한국코치협회로 지원하는 방법입니다. 두 가지 모두 동일한 기준으로 평가를 받기 때문에 자신에게 편한 방법을 선택하면 됩니다.

2단계인 필기전형은 온라인으로 이루어집니다. 서류전형에 합격하면 한국코치협회 홈페이지에서 필기전형에 응시할 수 있습니다. 필기시험은 기관에서 교육했던 내용으로 이루어져 있습니다. 그래도 불안감에 더 공부하고 싶다면, 교육받은 기관에 문의하셔서 필기시험을 대비할 수 있도록 도움을 받으면 됩니다.

3단계는 실기전형입니다. 실기전형은 2명의 심사위원과 2명의 지원자가 동시에 전화로 접속하여 치러집니다. 간혹 3명의 지원자가 동시에 시험을 치르는 일도 있습니다. 실기전형은 10~15분의 시간 동안 타 지원자를 즉석에서 코칭 하는 것입니다. 그 코칭 시연을 보고 두 명의 심사위원이 지원자의 코칭 역량을 평가하여 합격, 불합격을 최종적으로 결정합니다.

코치의 입문 과정이라고 볼 수 있는 KAC자격증 취득을 위해서는 이렇게 3가지 단계를 거치셔야 합니다. 한 분야의 전문가로 가는 길은 만만치 않은 여정입니다. 첫 출발을 무사히 마치셨다면, 이제 다음 역으로 가볼까요?

4장 한국에서 라이프 코치로
     살아가기

"저는 다른 사람이 코치가 되겠다고 하면 말리고 싶어요."

제가 알고 지내는 한 30대 코치의 말입니다. 맞습니다. 한국
에서 코치로 산다는 것은 매우 어려운 일입니다. 지금까지
저의 경험을 바탕으로 한국의 코칭 시장을 서술해보겠습니
다. 여러분의 주변을 보세요. 당장 무언가를 이루고 싶을 때
그들은 누구를 찾아갈까요? 누구의 도움을 받고 싶어 할까
요? 유명한 강연자나, 온라인 강의, 상담사, 컨설턴트를 가장
먼저 떠올릴 확률이 높습니다. 심지어 점을 보러 가거나 타
로, 사주를 보러 가는 분들도 많습니다. 하지만 그중에 코칭
을 받으러 가겠다고 하는 분은 몇 명이나 있을까요?

그렇습니다. 아직 한국에서 무언가를 이루고자 할 때 코

치를 먼저 떠올리는 사람은 극소수입니다. 안타깝고 속상하지만 사실입니다. 많은 사람이 코칭 시장이 확대되고 있다고 말합니다. 틀린 말은 아닙니다. 하지만 여전히 코칭은 우리 문화에 자리 잡지 못한 상태입니다. 코칭이 한국 시장에서 자리 잡기 어려운 이유가 몇 가지 있습니다. 우리는 수평적 문화에 익숙하지 않고, 남이 답을 주는 것에 익숙합니다. 더 많은 이유가 있겠지만 제가 보기에는 대표적으로 다음의 두 가지 이유 때문에 한국에 코칭 문화가 자리 잡기 힘든 것으로 보입니다.

코칭 문화가 자리 잡기 어려운 이유

코칭은 기본적으로 수평적 관계를 전제로 합니다. 하지만 우리 문화에서 수평적 관계가 실제로 나타나고 있는 분야는 그리 많지 않습니다. 물론 최근 점점 더 많은 기업이 수평적 문화를 만들기 위해 노력하고 있지만, '정말 수평적인가?'라고 질문을 던져보면 '그렇지 않다'라는 대답이 여전히 많습니다.

그러다 보니 자신의 성장과 발전을 위해 누군가에게 도움을 받아야 할 때 자신보다 나이가 어린 사람을 찾아간다는 것은 우리 문화에 맞지 않습니다. 내게 서비스를 제공해줄 사람과 내가 수평적인 관계라는 것 역시 받아들이기 힘들어합니다. 아직 우리 사회는 코칭적 패러다임이 작동하는 성숙한 문화라고 보기 어려운 게 사실입니다.

두 번째 이유에 관해서도 이야기해 보죠. 코치는 고객에게 답을 주는 사람이 아닙니다. 오히려 질문을 제공하고 고객이 스스로 답을 찾아가는 과정을 격려합니다. 그 과정에서 경험하는 시행착오 역시 학습과 성장의 과정으로 보기 때문에 오히려 더 많은 도전을 격려합니다.

하지만 우리 문화는 빠르게 답을 찾는 것에 익숙합니다. 정해진 정답이 있고 그것을 어떻게, 누가 빨리 찾느냐를 경쟁합니다. 교육과 관련된 토론이나 방송을 보면 누구나 실감할 수 있습니다. '한글을 언제까지 가르쳐야 하는가'부터 시작해서 '중학생이 고등학생 과정을 선행하는 것이 옳은가', '영어를 조기에 학습시키는 것이 옳은가' 등은 매번 뜨거운 논쟁거리입니다. 교육에 대한 이러한 논쟁거리를 보면 결국 우리 문화는 경쟁 속에서 누가 먼저 정답을 찾아서 그것을 학습하는가에 집중하고 있습니다. 그런 문화에 익숙한 우리에게 컨설팅이나 교육처럼 단기간 안에 진단과 솔루션을 제공해주는 서비스가 훨씬 익숙한 것은 어쩔 수 없습니다.

위와 같은 두 가지 문화적 특성이 우리나라 코칭 시장 확

산에 영향을 주는 것은 부인할 수 없는 현실입니다.

이 두 가지 특성은 특히 청년 코치에게 치명적입니다. 이제 막 대학을 졸업한 20대 코치는 빛나는 직장 경력도 없고, 모든 문제에 답을 줄 수도 없습니다.

그들도 코칭에서 제공하는 질문과 격려를 동일하게 제공할 수 있습니다. 그리고 청년들이 코칭의 수평적인 문화를 더 익숙해합니다. 하지만 한국 시장의 고객은 젊은 코치를 찾아가는 경우가 적습니다.

"태호 코치님은 다 좋은데 나이가 너무 어려요. 적어도 40대가 넘고, 아이가 있다면 시장에서 훨씬 경쟁력이 생길 것 같아요."

한 교육 컨설턴트가 제게 해주신 말입니다. 그분은 기업의 교육 담당자를 많이 만나셨고, 본인도 강의와 컨설팅을 하고 계시기 때문에 한국 시장의 특징을 잘 이해하고 계셨습니다.

냉정하게 말해서 한국의 코칭 시장은 20~30대 청년에게 그리 호락호락하지 않습니다.

그럼에도 성장하고 있는 코칭 비즈니스

반면 희망적인 소식도 있습니다. 한국 코칭 시장은 분명 성장하고 있다는 것입니다. 더 많은 기업, 조직, 군대, 대학교, 교육 시장에서 코칭을 원하고 있습니다.

한 교사분은 교직원 연수에 가셔서 온종일 코칭 이야기만 듣고 오셨다고 했습니다. 제가 운영하는 교육에 참여하는 분 중에는 현역 군인도 계십니다.

코칭이라는 단어에 관심이 늘어나고, 많은 교육기관과 학원의 간판이나 전단에서 '코칭'이라는 단어를 어렵지 않게 찾아볼 수 있습니다. 여전히 어렵지만 분명 점점 좋아지고 있고, 앞으로도 계속 좋아질 거라고 예상합니다. 빠르게 변화하는 시대에는 대안중심적이고 미래지향적인 코칭 방식이 대응 능력을 키워주기 때문입니다.

구글의 에릭 슈미트 Eric Schmidt 회장 역시 코칭을 받았습니다. 2007년 LG경제연구원에서 발표한 자료에 의하면 포춘지 선정 500대 기업 CEO 중 40% 이상이 코칭을 받고 있다고 합니다. 보고에 의하면 미국 기업이 매년 CEO 코칭에 투자하는 금액은 1조 원을 넘긴다고 해요. 이미 14년 전의 이야기죠.

전 세계적으로 활동하는 코치의 숫자도 눈에 띄게 늘었습니다. 국제코치연맹 ICF에서 발표한 자료 〈2020 ICF Global Coaching Study〉에 따르면 2019년 코치의 숫자는 2015년에 비해 33%나 증가하여 약 31,000명의 코칭 실무자가 있는 것으로 추산된다고 합니다.

코치의 수입 역시 크게 증가했는데요. 국제코치연맹 ICF의 발표 자료를 이어서 보면, 전 세계적으로 코치의 총 수입은 2015년에 비해 2019년에 21% 증가했고, 그 규모는 28억 4,900만 달러(약 2조8400억 원)라고 합니다.

한국 사회 역시 코칭이 필요하고, 코칭이 할 일이 분명히 존재합니다. 시장성을 떠나서 수평적이고, 대안중심적이고, 미래지향적이며, 유연한 코칭 문화는 한국에 꼭 필요합니다. 그래서 저는 계속 코칭을 할 것이고 더 많은 코치를 양성하기 위해 노력할 것입니다. 당장 어렵더라도 코칭을 계속하실 분들에게 본격적으로 3800시간 넘게 쌓아온 제 경험을 나눠 보겠습니다.

2부

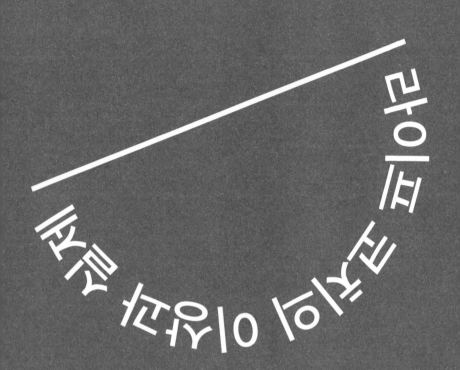

라이프 스타일 이야기 큰 강을 만들다

5장 코칭 비즈니스의 출발점

앞장에서 코칭 시장이 얼마나 힘든지 이야기했습니다. 그럼에도 불구하고 전문 코치가 되겠다고 결심하신 여러분에게 진심 어린 응원의 박수를 드립니다. 자, 이제 본격적으로 전문 코치의 삶을 살기 위한 출발점에 서 봅시다.

코치의 다양한 상황과 맥락

처음 코치가 되신 분들을 크게 두 가지로 나눌 수 있습니다. 경력이 있는 분과 경력이 없는 분입니다. 그리고 다시 각각 두 가지로 나눌 수 있습니다. 경력과 유관한 분야의 코칭을 하고자 하는 분과 그렇지 않은 분입니다. 우리는 다음과 같이 출발점이 다른 것을 인지해야 합니다.

[표1]

경력	유		무
희망분야-경력관계	유관	무관	무관

1. 유-유관

유-유관의 영역에 계신 분은 다른 영역의 분보다 비교적 수월하게 시작할 수 있습니다. 과거 커리어가 그 분야에서 자신의 유능함을 이미 어느 정도 증명할 수 있기 때문입니다.

이 영역에 속하는 분의 경우 이미 관련 분야에 인맥이 있습니다. 어떤 상황에 관해 물어보거나 도움을 받을 가능성이 큰 위치이기 때문에 다른 영역에 비해서 코치로서 자리 잡기가 비교적 쉬운 것이 사실입니다.

또한, 앞서 말씀드린 한국의 문화적인 요인 때문에 사람들은 자신의 분야를 먼저 경험한 사람에게 코칭을 받기를 원합니다. 만약 코치가 이전 기업에서 일정 이상 위치에 도달했던 사람이라면 고객 입장에서 더욱 선호하는 것이 지금의 코칭 시장입니다. 단적으로 예를 들어 보면 임원 출신이 코칭을 한다고 했을 때, 자신의 출신 회사나 관련 기업에서 고용할 확률이 높습니다. 이왕이면 연관 있는 사람에게 노하우를 듣고 싶다는 생각이 쉽게 작용하죠.

그래서 유-유관 영역의 분은 비교적 **빠르게** 코칭 비즈니스의 자리를 잡는 편입니다. 특히 이 영역의 분은 비즈니스 코치로 자리 잡기 쉽습니다.

2. 유-무관

유-무관 영역인 분은 유-유관 영역과 비교하면 조금 더 시간이 걸리는 경향이 있습니다.

이분들 역시 과거의 커리어가 자리를 잡는 데에 도움이 됩니다. 기업의 임원 출신이지만 비즈니스와 무관한 라이프 코칭을 하거나, 음악이나 미술을 전공하신 분이 라이프 코칭을 하는 경우가 그렇습니다. 하지만 과거 경력과 무관한 영역의 코칭을 하는 것에 대해 고객을 설득해야 하는 부분이 있습니다. 코치가 그 분야를 미리 경험한 사람이 아니고, 그 분야에 전문 지식을 가지고 있지 않더라도 코칭의 질에는 큰 영향이 없다는 것을 설득해야 하죠. 코칭을 잘 알지 못하는 대부분의 사람들은 코치가 경험하지 못한 것도 코칭을 통해 도울 수 있다는 것을 온전히 받아들이기 어려워합니다.

그런데도 이 영역의 분은 과거 커리어의 후광으로 인해 커리어가 없는 사람들에 비해 비교적 쉽게 고객의 신뢰를 얻을 수 있습니다.

3. 무-무관

마지막은 무-무관 영역입니다. 이 영역은 과거의 커리어가 없고, 자신의 능력을 증명할 객관적 지표가 상대적으로 부족합니다. 대부분 청년 코치가 여기에 속합니다. 제가 이 영역이었는데요. 저는 대학생 때 코칭 교육을 듣고 나서 코치가 되겠다고 결심했습니다. 직장에서의 커리어 없이 가정주부로 삶을 살다가 코치로 전향한 경우도 여기에 속한다고 볼 수 있습니다. (가정주부를 폄하하는 것이 아니라 '커리어'라는 관점에서 말씀드리는 것입니다.)

특별한 경우를 제외하고 이들은 많은 어려움을 겪습니다. 우선 기업과 같은 전문기관과 코치로 계약하기 매우 어렵습니다. 기업과 계약하면 고객과의 계약보다 더 큰 보수를 받으며 안정적으로 코칭을 진행할 수 있다는 장점이 있습니다. 하지만 경력이 없는 코치가 당장 기업과 계약을 맺는 것은 어려운 일입니다. 그러면 이 영역의 코치가 만날 수 있는 고객은 일반 개인 고객입니다. 이 경우 새로운 어려움이 또 있습니다.

바로 코칭이 어떤 서비스인지 설명해야 하고, 코칭이 유익하다는 것을 이해시켜야 한다는 점입니다. 기업 관계자는 비교적 사회 변화와 경영의 추세를 잘 읽기 때문에 코칭에 대해 한 번쯤 들어본 경우가 대부분입니다. 특히 교육이나 인사 담당자분들은 매우 높은 비율로 코칭에 대해 알고 있습니다. 그러므로 최근 기업이나 단체의 담당자에게 코칭을 권할 때, 코칭의 기본 개념부터 설명하는 경우는 그리 많지 않습니다.

나 자신의 출발점을 정확히 아는 것부터

고객과 함께 코칭 관계를 형성하는 과정도 코치의 역량에 포함됩니다. 하지만 코칭이 뭔지 아는 사람에게 코칭을 권하는 것과 코칭이 뭔지 모르는 사람에게 코칭을 권하는 것에 차이가 있다는 것은 부정할 수 없습니다. 그러한 면에서 일반적인 개인 고객을 만나야 하는 무-무관 영역에 계신 분은 많은 어려움을 경험하실 것으로 생각합니다.

코칭 비즈니스를 시작할 때 우리는 우리가 가진 것과 우리가 하고자 하는 방향 모두를 분명하게 인식하고, 그에 따르는 차이에 대해서 분명하게 인식하고 시작할 필요가 있습니다. 특히 과거 경력 없이, 정말 코칭이 좋아서 자신의 전공과 무관한데도 코칭을 하려는 분에게는 더욱 중요합니다.

여러분이 코칭을 단순한 자기계발의 도구로 사용하고 스스로 만족하는 것에서 그치는 것이 아니라 비즈니스로서 접

근하신다면, 코치마다 서로의 출발점이 다르다는 것을 인지하고 각자에게 맞는 전략을 수립하는 것은 매우 당연합니다. 다른 영역에 있는 사람을 보면서 마냥 부러워하고 있거나 허황된 꿈만 꾸지 말자는 것입니다.

다음 장에서는 여러분의 코칭 비즈니스의 시작과 끝을 모두 표현할 수 있는 목적에 대한 질문을 드리겠습니다. 이미 정립이 된 분도 계실 것이고 그렇지 않은 분도 계시겠죠. 각자 자신의 필요에 맞게 활용해보세요. 가능하다면 메모지와 필기구를 준비하시고 다음 장으로 넘어가 주세요. 여러분 머릿속에서 지나가는 보물 같은 영감을 놓치면 너무 아까우니까요!

6장 라이프 코치의 목적과 사명

저는 우리나라에 코치가 더 많아지면 좋겠습니다. 우리가 코칭을 한다는 것은, 우리 자신을 빛내기보다 우리의 고객을 빛낼 때 더 기뻐하는 삶을 살겠다는 것입니다.

이 일에는 시간과 에너지가 필요하고, 인간에 대한 사랑이 기반되어 있어야 합니다. 그래야 고객과 코치가 단순한 계약 관계가 아닌, 존재와 존재로서의 관계를 만들어 갈 수 있습니다. 이미 이 결과는 그렇지 못한 경우와 차이가 크다는 것을 3,000회가 넘는 코칭을 통해 경험했습니다. 코치가 되려는 목적의 뿌리에 인간에 대한 사랑이 기반되지 않은 경우를 지켜봤을 때 코치로서 깊이가 계속 더해지지 못하고 멈춰버리는 결과를 많이 봤습니다. 반대로 사람을 돕고자 하는 마음에 코칭의 가치를 두는 코치라면, 사람을 향한 가치관 덕분에 시간이 가면 갈수록 코칭의 깊이가 더해지는 모습을 볼 수 있었어요.

인간에 대한 사랑 없이, 단순한 돈벌이 수단으로 코칭을 하면, 코칭의 질을 향상시키는 것보다 고객의 숫자를 늘리거나 비용을 올리는 것에만 신경 쓰기 쉽습니다.

반면 사람에 집중하는 코치라면 인간의 본질에 대한 탐구를 하고, 어떻게 하면 고객을 더 잘 도울 수 있을지 고민하고, 코칭 시간 이외에도 많은 시간을 코칭의 질을 높이는 데 사용합니다. 사람을 돕는 것 자체가 목적이기 때문에 그 자체로 즐거워합니다. 눈에 보이게, 보이지 않게 인간에 대한 사랑을 기반으로 코칭하는 코치가 시간이 지나면 더 좋은 실력을 갖추는 경우가 대부분입니다. 결국 사람을 더 잘 도울 수 있는 코치로 성장할 확률이 높습니다. 이런 이유로 저는 인간에 대한 사랑 때문에 코칭을 하고 싶어 하는 코치가 더 늘어나기를 바랍니다.

코치의 기본기와 전문성

코칭 비즈니스를 시작하기 전에 목적을 분명히 해야 하는 또 다른 이유가 있습니다. 전문 코치인 우리가 먼저 목적의식을 가져야 하기 때문입니다. 코치는 고객이 진정으로 원하는 꿈이나 목적을 이뤄나가고 그것에 가까워지는 삶을 살도록 돕습니다. 그런 코치가 자신의 목적도 모른 채 코칭을 한다면 결국 진정성이나 영향력이 부족한 코치가 될 수밖에 없습니다. 기본적으로 자신의 목적에 대한 셀프 코칭이 이뤄지고 있어야 합니다.

마지막 이유는 코칭 비즈니스를 시작해서 자리를 잡는 과정은 많은 시간과 에너지가 필요하기 때문입니다. 오래 걸릴 것이고, 쉽지 않을 것입니다. 계속해서 새로운 것을 배우고 도전해야 할 수도 있습니다. 끝없는 자기 관리가 필요합니다. 주변의 인정을 받기도 힘들 것이고, 경제적으로 자리 잡는 데도 상당한 시간이 필요할 수 있습니다. 외로운 경기를 해나가야 할 수도 있습니다. 그렇기 때문에 스스로 동기를 유지하고 격려할 수 있는 분명한 목적이 필요합니다.

많은 어려움이 있음에도 불구하고 저는 코칭적인 문화가 지금의 한국 문화에 녹아들기 원합니다. 우리는 훨씬 더 많은 것을 해낼 수 있습니다. 더 작은 차원으로, 우리 개인도 지금보다 삶의 만족도가 확연히 높아지리라 기대합니다. 이를 위해서는 코치 스스로 코칭의 목적을 분명히 해야 합니다.

여러분은 코칭이 왜 하고 싶으신가요?

왜 코치라는 이름으로 타인을 돕고자 하나요?

여러분이 코칭을 해야만 하는 이유는 뭔가요?

위 질문에 여러분만의 답을 찾아보세요. 그리고 물어보세요. 여러분은 정말 이 길을 가고 싶으신가요?

코칭의 목적을 분명히 하기 위해 제가 추천해 드리는 방법이 있습니다. 인생관, 직업관, 열정의 대상 세 가지 측면으로 점검을 하는 것입니다. 차례대로 여러분에게 도움이 될 만한 질문을 드리겠습니다. 옆에 노트와 필기구를 준비하세요.

인생관 🖉

내 인생을 잠시 내 앞에 내려놓고 바라본다고 상상해보세요. 인생, 삶이라는 단어에 집중하세요. 이후 나오는 질문은 이것을 전제로 생각해보고 답을 적으시면 됩니다.

> 당신은 삶에서 어떤 가치를 중요하게 생각하나요?
> 그렇게 생각하는 이유는 무엇인가요?

그 중 양보(타협)할 수 있는 가치와 할 수 없는 가치는
무엇이고, 그 이유는 무엇인가요?

지금까지 언급했던 가치를 모두 단어로 적어보세요.
그리고 그 안에서 우선순위를 적어보세요.

그중 가장 중요한 5가지를 적어보세요. 그리고 이
5가지를 고른 이유를 설명해보세요.

5개의 단어와 당신이 생각하는 코칭은 어떤 관계가
있나요?

당신의 가치 단어 5개 중 코칭을 통해서 충족되는 것과
충족되지 않는 것은 무엇인가요?

_____

만약 충족되지 않는 것이 있다면 어떻게 하실 건가요?

_____

어떤 질문을 더 해보고 싶으세요?

직업관 _/

위에 나오는 첫 질문부터 네 번째 질문을 직업과 일이라는
상황에 대입하고 다시 답해보세요. 그리고 다음 질문에 답
해보세요.

인생관을 표현했던 단어들과 어떤 공통점과 차이점이
있나요?

당신의 직업관과 코칭이라는 활동은 어떤 관계가
있나요?

당신의 직업관 단어 5개 중 코칭을 통해서 충족되는
것과 충족되지 않는 것은 무엇인가요?

만약 충족되지 않는 것이 있다면 어떻게 하실 건가요?

어떤 질문을 더 해보고 싶으세요?

열정의 대상 _🖉

그동안 여러분이 직·간접적으로 만난 사람들을 모두 떠올려보세요.

만나기 전에 가장 설레는 기분이 드는 사람은
누구인가요?

어떤 사람들을 만난 후에 가장 에너지가 올라간다고
느꼈나요?

지금 당장 누군가를 만나야 한다면 어떤 사람을 만나고
싶은가요? 왜 그렇게 생각하나요?

그 사람들은 각각 어떤 특성이 있나요?

공통점은 무엇이고 차이점은 무엇인가요?

_____

여러분은 어떤 특성을 가진 사람들의 삶을 변화시키고
싶은가요?

_____

그 사람들은 언제 코칭이 필요할까요?

_____

어떤 질문을 더 해보고 싶으세요?

[워크시트3]

세 가지 모두 답을 해 보셨나요? 각 영역에서 찾게 된 답은
어떤가요? 마음에 드시나요? 혹시 부족하다면 어떤 질문을
더 해보고 싶으신가요?

위에 제안해드린 질문 꾸러미들은 완전무결한 것이 아닙니다. 여러분의 생각을 구체화하는 데 도움을 드리기 위해 제가 제안하는 질문입니다. 추가로 필요한 질문이 있다면 자유롭게 자기만의 질문을 더 해보세요. 그리고 세 영역의 답을 모두 통합해보세요. 통합의 과정에서 무엇을 배우게 됐나요?

이제 다시 답해봅시다.

여러분은 코칭이 왜 하고 싶으신가요?

왜 코치라는 이름으로 타인을 돕고자 하나요?

여러분이 코칭을 해야만 하는 이유는 뭔가요?

7장 선택의 첫 번째 갈림길

코칭 비즈니스를 시작하는 많은 분이 저에게 질문합니다. '취업해야 할까요? 아니면 자기만의 회사를 만들어야 할까요?' 저는 궁극적으로 자기만의 회사를 만드는 방향을 지향하라고 말씀드립니다. 그 이유는 추구하는 가치의 차이 때문입니다.

아무리 좋은 회사에서 일한다고 해도 결국 가치관의 차이가 드러날 수밖에 없습니다. 코칭을 통해서 이뤄내고 싶은 변화도 다를 것이고, 열정의 대상 역시 다를 수 있습니다. 오로지 일을 위해 매일 아침 눈을 뜬다면 만족도는 점점 떨어질 것입니다.

코치는 고객의 존재being를 인정해주고 존재답게 살도록 격려합니다. 하지만 코치 자신이 그렇게 살지 못하고 있다면 코치에 대한 고객의 신뢰는 낮아질 수밖에 없을 것입니다.

그래서 언젠가는 자기만의 회사를 만드시길 권해드립니다. 회사를 만들게 되면 자신의 가치를 실현하는 코칭을 할 수 있고, 자신이 열정을 느끼는 대상에 더 집중해서 코칭할 수 있습니다.

그렇다면 지금 당장은 어떻게 해야 할까요? 저는 이 부분은 선택의 영역이라고 생각합니다. 대부분의 코치가 처한 상황을 크게 세 가지로 나눠 봤습니다. 창업하는 경우, 취업하는 경우, 프리랜서의 경우입니다. 각 방법의 장단점을 한 번 따져보겠습니다.

1. 창업

창업의 장점은 지금 내가 원하는 일에 시간과 에너지를 쏠 수 있다는 것입니다. 내가 원하는 고객을 내가 원하는 형태로 만날 수 있어요. 거기에서 오는 즐거움이 남다릅니다. 이것이 창업의 가장 큰 장점이라고 생각합니다.

하지만 단점도 분명합니다. 마케팅을 포함한 회사의 전반적인 업무를 자신이 직접 해야 합니다. 자본의 상황에 따라 일을 대신해줄 직원과 함께할 수도 있습니다. 그렇지만 아마도 대부분의 초보 코치는 그렇지 못한 상황에서 시작합니다. 거의 모든 일을 자기 손으로 직접 해야 하는 경우가 대부분입니다.

그리고 일을 보고 배울 역할모델을 만나기 어렵습니다. 또한, 퇴근이라는 개념도 희미합니다. 이 역시 일을 시작하는 초보 코치가 어려워하는 점입니다.

2-1. 취업

취업을 먼저 하는 것도 좋은 방법입니다. 취업을 먼저 하는 경우 역할모델을 만나기 쉽습니다. 회사를 운영하기 위해 어떤 결정이 이뤄지는지 관찰하고 배울 기회가 생깁니다. 어떻게 하느냐에 따라 여러 가지 업무를 보고 배울 기회도 있습니다.

이 경우도 단점은 분명히 있습니다. 가장 크고 위험한 단점은 '익숙함'입니다. 여러분은 직장이 주는 편안함에 익숙해질 것입니다. 업무를 나눠서 하게 될 것이고 내가 하지 않아도 되는 업무가 생깁니다. 퇴근의 달콤함이 있을 것이고, 달마다 들어오는 월급 덕분에 예측 가능한 미래를 그려볼 수도 있을 것입니다.

직장이 주는 편안함에 익숙해지고 나면 나중에 자기만의 사업을 시작하기 두려워집니다. 코칭을 시작했던 그때보다 나이가 들었을 것이고, 익숙함을 내려놓기 어려워지겠죠. 회사에서 일한다는 것은 나의 가치보다 회사의 가치를 실현하기 위해 나의 시간과 에너지를 쓴다는 의미입니다. 회사와 나의 가치가 일치할 수도 있지만, 그 가치의 경중과 이뤄가는 과정까지 똑같지는 않을 것입니다. 결국 만족도가 떨어지는 순간이 옵니다.

또한 코치란 고객을 자립하는 리더로 만들어주는 사람입니다. 코치라면 셀프리더십이 자연스럽게 작용하고 있어야 합니다. 〈부자 아빠 가난한 아빠〉의 저자 로버트 기요사키 Robert Kiyosaki는 이런 말을 한 적이 있습니다. '월급을 받기 시작하면 직원처럼 생각하게 된다' 같은 맥락으로 코치 역시 월급을 받기 시작하면 리더처럼 생각하는 것이 아니라 팔로워처럼 생각하게 됩니다.

2-2. 만약 취업을 해야 하는 상황이라면

취업은 많은 코치가 처음으로 선택하는 방법입니다. 이 방법은 안정감을 주고, 위험부담을 줄여줍니다. 어떤 분들은 소프트랜딩이라고 부르며, 이것을 추구합니다. 취업을 하는 것은 부끄러운 일도 아니고 나쁜 일도 아닙니다. 각자의 상황에 맞는 전략적 선택 중 한 가지일 뿐입니다.

이 방법에는 앞과 같은 단점이 분명 존재합니다. 잠시라도 넋을 놓고 있으면 우리를 단순한 팔로워로 만들어 버립니다. 그래서 이 방법을 선택했을 때 우리가 반드시 기억해야 하는 내용을 따로 정리를 해봤습니다.

취업을 할 경우 ✏️

1. 나의 핵심가치와 목적은 무엇인가?

---

2. 나의 직업 가치는 무엇인가?

---

3. 취업의 목표는 무엇인가?

---

4. 무엇을 배울 것인가?

5. 무엇에 도전할 것인가?

_____

6. 무엇을 경험할 것인가?

_____

7. 위 조건에 적합한 회사는 어디인가?

_____

8. 그 회사의 핵심가치는 무엇인가?

저는 회사에 다닐 때 이 8가지 질문과 그 답을 항상 기억해
야 한다고 생각합니다.

자신이 이 중 어떤 것 하나라도 간과한다면 회사에 가는
것에 흥미를 느끼지 못하거나, 내가 하는 일에 자부심을 느

끼지 못하거나, 매일 성장하고 있다는 느낌을 받지 못하거나, 중요한 일을 하고 있다는 느낌을 받지 못할 수 있습니다.

> 사람들은 자신이 가치 있는 일을 하고 있다는 느낌을 받거나, 그 일을 할 때 자신에게 선택권이 있다는 느낌, 그 일을 할 만한 기술과 지식을 갖추고 있다는 느낌, 실제로 진보하고 있다는 느낌이 들게 될 때 일속에서 재미와 열정을 느낀다.
>
> - 케네스 W. 토마스

〈열정과 몰입의 방법〉의 저자이자 미국 해군대학원 경영학과 교수인 케네스 W. 토마스Kenneth W. Thomas는 이렇게 말했습니다. 그 역시 성장하는 느낌을 중시했습니다. 그의 말은 우리가 직장을 다니면서 재미와 열정을 느끼고, 보다 우리 목적에 맞는 삶을 살기 위해서 위의 8가지 질문이 중요하다는 것을 보여줍니다.

3. 프리랜서

세 번째 대안이 있습니다. 바로 프리랜서로 일하는 것입니다. 이것은 위 두 가지 선택의 중간쯤 위치합니다. 창업은 하지 않고, 프리랜서로서 다른 회사에서 일시적으로 주어지는 일을 하는 것입니다.

프리랜서의 장점은 회사 운영 전반에 대해 신경을 쓰지 않아도 된다는 것, 그리고 고객을 만날 때 '나 개인의 이름'으로 만나는 것이 아니라 '회사의 이름'을 등에 업고 만난다는 것입니다. 덕분에 마케팅에 신경을 쓰지 않아도 됩니다. 따라서 코칭 외에 다른 일로 불필요한 에너지를 소모하는 일이 적어집니다.

자신이 할 일을 고를 수 있는 선택권이 어느 정도 있다는 것도 프리랜서의 장점입니다. 자신의 목적에 맞는 일거리인지 아닌지 판단하고 선택할 수 있는 권한이 있습니다.

프리랜서의 단점은 간혹 내가 원하지 않는 코칭도 해야 한다는 것입니다. 결국 다른 사람이 나에게 주는 일을 하는 것이기 때문에 온전히 내가 원하는 일에 집중된 삶이 아닐 수 있죠.

지금 언급해 드린 내용이 한국에서 라이프 코치가 되려고 할 때 만나게 되는 일들입니다. 저도 경험하고 있고, 제가 멘토링을 해주고 있는 많은 코치가 경험하고 있습니다. 모두가 고민하고 선택합니다.

어떤 것을 선택하든 개인의 자유이고, 자신의 상황과 목적에 맞게 선택하면 됩니다. 다만 자신의 목적이 분명해지지 않은 상태에서 선택하거나, 목적에 부합하지 않는 선택을 하는 것은 될 수 있으면 피해주시길 바랍니다.

다시 말씀드리지만, **코치는 고객이 자신의 존재**being**에 맞게 살도록 도와주는 사람**입니다. 사람들이 정말 자신이 원하는 것을 찾고 원하는 바를 현실에서 이뤄내면서 살도록 격려합니다. 그런데 코치 자신이 그렇게 살지 못하고 있다면 말이 안 되겠죠.

각자 자신의 목적과 상황에 맞게 현명한 결정을 내리시길 바랍니다.

3부

성장하는 관계가 진짜 관계다

8장 실천하고 또 실천하라

12년이 넘는 시간 동안 저는 수많은 코치님을 만났습니다. 비즈니스 코치나 다이어트 코치, 스포츠 멘탈코치, 라이프 코치 등 다양한 이름으로 코치 활동을 하고 계신 분들이었습니다. 대부분 코칭의 기본 교육(20시간)을 수료하고 나면 스스로 코치라고 부르기 시작합니다. 이는 수평적인 교육 분위기를 위한 코칭 교육만의 특징이기도 합니다.

그런데 단순히 교육을 수료했다는 것만으로 정말 전문 코치라고 할 수 있는 걸까요? 아쉽지만 그렇지 않습니다. 그중 일부만 코치를 직업으로 삼기 위해 노력합니다.

그러면 1년 후에, 그중 몇 명이나 코칭을 통해 수입을 창출할까요? 지극히 제 개인적인 경험이지만, 코칭으로 수입을 창출하는 코치는 몇 명 안 됩니다. 대부분은 여전히 교육을 듣는 중이거나, 미처 첫걸음을 떼지 못하고 있을 가능성이 큽니다. 왜 그럴까요?

코치는 사람에 대한 가치를 높게 평가합니다. 어쩌면 코칭 실력은 사람에 대한 신뢰와 애정에 비례하는 것 같습니다. 하지만 사람을 돕고자 하는 마음이 코칭 비즈니스의 시작에는 걸림돌로 작용할 때가 있습니다.

왜 코칭 비즈니스를 시작하지 못할까?

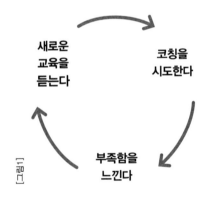

바로 위와 같은 순환고리에 빠졌기 때문입니다. 좀 더 자세히 풀면 다음과 같습니다.

1. 코칭 교육을 듣고 코치로서 더 발전하고 싶다는 동기유발이 일어납니다.

2. 몇몇 사람들에게 코칭을 시도해보기도 하고, 선배 코치에게 조언을 구합니다.

3. 이야기를 듣다 보니 공부해야 하는 것이 더 보입니다.

4. 새로운 교육을 듣습니다.

물론 더 잘 배운 뒤 고객을 만나겠다는 것은 나쁜 의도가 아닙니다. 오히려 선한 의도이죠. 하지만 우리는 다른 관점으로도 봐야 합니다.

발목을 잡는 생각들

"심리학(상담학)에 대해서 더 많이 공부하고 시작해야지."

인간의 마음, 생각, 심리에 관한 연구는 아직 끝나지 않았습니다. 아직도 찾아야 하는 영역이 훨씬 많고, 언제 완벽하게 끝날지 기약이 없습니다. 그럼, 만약 공부를 다 한 후에 고객을 만나겠다고 생각한다면 어떻게 될까요? 우린 영원히 공부만 해야 할 것입니다.

"지금까지 연구된 심리학(상담학) 이론만이라도 모두 공부하고 시작해야지."

많은 분의 발목을 잡는 생각입니다. 매일 생산되는 정보의 양은 증가하고 있습니다. 현실적으로 우리가 정보를 습득하고 학습할 수 있는 양에는 한계가 있습니다. 반면에 매일 쏟아져 나오는 정보의 양은 계속해서 늘어나고 있습니다. 매일 전 세계에서 발표하는 논문이나 서적의 양은 엄청납니다. 즉, 우리의 '정보 습득 속력'은 '정보 생산 속력'을 따라잡을 수 없습니다.

공부를 모두 마친 후 고객을 만나겠다는 생각을 유지한다면 우리는 영원히 공부의 고리에서 빠져나올 수 없습니다. 저 역시 이러한 고리에 빠질 뻔했던 적이 있습니다. 하지만 〈코칭의 정석〉 저자이신 이동운 코치님의 말을 듣고 생각을 고쳐먹었습니다.

"50번을 실패하면 KAC가 되고,
200번을 실패하면 KPC가 됩니다."

처음 코칭을 배우고 나서 선배 코치와 나를 비교해보면, 선배 코치가 대단한 존재로 느껴지고 저분은 완벽할 것 같은 생각이 들기도 합니다. 하지만 세상에 완벽한 사람은 없듯, 완벽한 코치도 없습니다.

완벽해지기를 기다리는 것을 멈춰야 합니다. 완벽해질 수 있다는 생각도 버려야 합니다. 이런 생각은 우리가 고객을 만나는 데 걸림돌만 됩니다.

고객을 만나라, 무조건!

코칭 실력을 향상하는 가장 기본적인 방법은 고객을 만나서 실제로 코칭을 하는 것입니다. 매 순간 코치다움을 지키며 진행한 코칭이 책상에서 읽은 책 몇 장보다 더 큰 교훈을 줍니다.

어떤 코치가 될지, 어떤 고객에게 코칭을 제공할지 모호한가요? 그래서 그것을 먼저 구체화하고 싶으신가요? 그렇다면 당장 고객을 만나서 코칭을 하세요. 코칭을 하면서 내면의 변화를 잘 관찰하세요. 제자리에 서서 관찰하는 것보다 한 걸음 다가가서 관찰하는 것이 훨씬 명확하게 보입니다. 저는 한때 사진을 배우러 다닌 적이 있습니다. 그때 제게 사진을 알려 주던 분이 이런 말씀을 하셨습니다.

"좋은 사진을 찍고 싶으면, 발을 움직여라."

여러분도 코치로서 청사진을 그리고 싶으신가요? 사람을 더 잘 돕고 싶으신가요? 그렇다면 지금 한 명이라도 더 많은 고객을 만나세요. 계획은 그만 세우고 움직이세요.

9장 라이프 코치는 무엇으로 성장하는가?

많은 코치가 1인 기업으로 움직입니다. 그러다 보니 다른 코치를 만나기 쉽지 않습니다. 제가 후배 코치에게 가장 많이 들었던 질문이 바로 이것입니다.

"이제 어떻게 해야 하죠?"

이 질문에는 많은 세부 질문들이 있었습니다. '고객은 어디서 만나요?', '코칭은 어떻게 해요?', '유료로 해야 할까요?' 등 자세히 들어가면 매우 다양한 내용을 함축하고 있습니다. 대부분의 세부 질문은 코칭을 직접 진행해보면 자연스럽게 없어지는 질문이고, 또 많은 세부 질문은 코치로서 역량에 집중하다 보면 자연스럽게 해결됩니다. 그래서 저는 그 모든 것을 이 책에 담기 보다는 우선 한 가지에 집중하려 합니다.

지속적으로 성장하는 코치의 길

1. 필사적인 코칭 시간 확보

코칭은 철저하게 현장의 필요에 맞게 등장한 기술입니다. 그러므로 다른 기술에 비해 이론적 기반이 부족하다는 비판을 받기도 합니다. 하지만 현장의 필요로 만들어진 기술인만큼 코치의 효과는 큽니다. 우린 이것을 믿어야 합니다. 이 믿음 위에서 우리는 끊임없이 코칭을 해야 합니다.

동료도 좋고 고객도 좋습니다. 단, 초보일 때에는 될 수 있으면 가족을 코칭하려는 마음을 내려놰 주세요. 가족의 경우 이중관계가 되어 코치 자신에게 코칭에 대한 부정적인 경험이 생기기 쉽습니다.

매주 시간을 정해두고 코칭을 하세요. 이 일에 의무감을 느끼며 참여하세요. 시간이 남을 때 코칭을 하는 것이 아니라 코칭을 하기 위해 시간을 비워두세요. 아주 기본인 것 같지만 많은 분이 놓치는 부분입니다. 남는 시간에 코칭을 하겠다고 생각하는 분이 많습니다. 하지만 코칭을 위해서 의식적으로 고정적인 시간을 낼 수 있어야 합니다.

예를 들어 저녁에 코칭을 하기로 했다면 그 저녁 시간을 확보하기 위해 아침과 낮 시간을 다른 사람보다 더 치열하게 보내야 하겠죠. 더 높은 효율을 내기 위해 노력해야 합니다. 해야 할 일을 미루지 않고 미리 해야 합니다. 남들보다 적게 자야 할지도 모릅니다. 고객을 찾기 위해 더 애써야 합니다.

코칭은 현장에서 고객을 통해 배워야 합니다. 이렇게 코칭 시간을 지켜서 매주 지속하다 보면 자신의 코칭 실력이 향상하는 것이 눈에 보일 거예요. 코칭을 하는 이유도 더 분명해집니다. 열정의 대상도 또렷해집니다. 직접 코칭을 하면서 깨달은 통찰은 어떤 교육이나 책으로도 대체할 수 없습니다.

2. 스스로 피드백하자

꾸준히 코칭을 진행했다면 피드백 또한 꼭 해야합니다. 코칭을 할 때 고객의 동의를 구하고 녹음하세요. 그리고 녹음을 다시 들어보며 질문, 경청, 반응을 다시 점검합니다.

이때 많은 분이 녹음을 직접 받아 적습니다. 그러나 이런 방법을 취하면 대부분의 코치는 점점 피드백과 멀어집니다. 시간과 에너지가 많이 들어가다 보면 지속해서 하기 힘들어지기 때문이죠. 하지만 이러한 셀프 피드백은 우리가 코치인 이상 계속해야 하는 일입니다. 그러므로 지속성이 매우 중요합니다. 이 일에 지속성을 갖기 위해 될 수 있는 대로 일을 가볍게 만들 필요가 있습니다. 처음 피드백을 할 때는 그냥 녹음 파일을 들어보세요. 그리고 계속해서 스스로 이렇게 질문하세요.

'지금 다시 질문한다면, 이 질문을 어떻게 바꿀 수 있나요?'

녹음 파일을 들으면서 무엇을 어떻게 바꿀 수 있는지 고민해보세요. 단 한 가지라도 교훈을 얻었다면 과감히 종료해도 좋습니다. 무조건 처음부터 끝까지 들으면서 하나하나 다 고치려는 마음은 버려야 합니다. 한 가지 교훈만으로 충분합니다.

코칭을 한 지 얼마 안 된 코치라면 당연히 실수가 잦을 수밖에 없습니다. 그러나 녹음 파일을 들으며 계속 잘못된 부분을 찾는다면 결국 에너지가 떨어지게 됩니다. 반성의 시간을 갖는다는 차원에서는 유익하죠. 하지만 초보 코치일 때에는 그에 맞는 수준의 연습을 해야 합니다. 어느 정도 코칭의 경험도 쌓이고 피드백도 많이 해봤다면 이제 좀 더 자세하게 피드백을 해봐야 합니다. 코칭을 녹음하고 다시 듣습니다. 이때 자신의 질문과 반응에 대해 스스로 피드백합니다. 스스로 해 볼 수 있는 점검 목록의 예시는 다음과 같습니다.

셀프 피드백 🖋

1. 질문에 대한 점검

열린 질문인가?

고객의 무한한 잠재력을 믿기 때문에 하는 질문인가?

고객이 새로운 방법으로 생각하도록 돕는 질문인가?

코치의 판단은 없는가?

_____

코치가 마음속에 미리 정해놓은 답은 없는가?

_____

충분히 간결한가?

_____

고객에게 도움이 되는가?

2. 반응에 대한 점검

고객의 말을 잘 경청하고 있는가?

고객의 에너지를 올려주는가?

고객이 이야기를 이어가는 데 도움이 되는가?

전체 맥락을 방해하지는 않는가?

너무 자주 하지는 않는가?

여러분이 셀프 피드백을 하면서 더 많은 질문을 만들어 볼수 있습니다. '코칭 철학에 맞게 질문을 다시 한다면 어떻게할 수 있을까?', '지금보다 더 간결하고 명확하게 질문하려면어떻게 해야 할까?'와 같은 고민을 계속해야 합니다. 위의 예시는 초보 코치일 때 쉽게 적용해 볼 수 있는 것만 추린 내용입니다. 이렇게 스스로 하는 피드백은 다른 사람이 만들어둔질문을 외우는 것보다 더 효과적입니다. 다른 사람의 언어를따라 하는 사람과 자신의 언어를 갈고닦은 사람의 질문의 자연스러움은 다를 수밖에 없습니다. 제가 제안하는 셀프 피드백 질문은 다음 장에서 더 자세하게 다루겠습니다.

중요한 건 스스로 질문을 해서 더 좋은 질문으로 발전시키고, 꼭 다시 연습해야 한다는 점입니다. 이때 거울을 보고 연습하는 것도 좋은 방법입니다. 자신의 비언어적 측면까지 코칭에 적합한지 점검하세요. 질문이나 반응이 입에서 자연스럽고 끊김 없이 나올 때까지 연습하세요. 어떤 상황에서 질문과 반응을 할지 구체적으로 상상하면서 연습할수록 효과가 좋습니다. 이 단계를 넘어서면 국제코치연맹ICF이나 한국코치협회의 역량 기준을 보면서 피드백하는 것이 좋습니다. 이 내용은 국제코치연맹ICF 혹은 한국코치협회의 홈페이지에 들어가 보시면 알 수 있습니다.

3. 학습

제가 앞에서 공부에만 빠지면 안 된다고 이야기했습니다. 학습을 멈추라는 말은 아닙니다. 코치가 기본적으로 갖춰야 하는 태도 중 한 가지가 호기심입니다. 이런 호기심을 계속 유지하고 슬럼프에 빠지지 않으려면, 우리는 계속해서 학습하고 새로운 방법을 배워야 합니다. 이런 호기심은 다른 말로 '학습하려는 태도'로 표현 할 수도 있습니다.

사람에 대한 연구결과와 새로운 통찰은 끊임없이 쏟아져 나옵니다. 새로운 정보는 우리가 고객을 이해하고 더 잘 돕는 데 큰 도움을 줍니다.

따라서 자기만의 학습 습관을 갖는 것도 매우 좋은 방법입니다. 일정한 학습 습관을 갖게 되면 자기 성장을 위해 노력하는 과정이 더 쉬워질 것입니다.

학습과 성장이 지속되면 결국 무시할 수 없는 변화를 만들어냅니다. 호기심을 갖고 학습하는 태도를 유지한다면 슬럼프에 빠지는 것도 예방할 수 있고, 코치에게 필요한 유연한 마인드도 만들 수 있습니다.

각자의 상황에 맞게 다양한 방법으로 학습을 실천해 주세요. 저는 거의 매일 저녁 잠들기 전에 외국의 심리학 연구와 연관된 뉴스를 읽습니다. 특별히 관심을 끄는 뉴스가 없을 때에는 다양한 코치가 쓴 칼럼을 읽습니다. 이때도 가능하면 외국인 코치가 쓴 칼럼을 읽는 편입니다. 저는 다른 문화권에서 다른 언어로 쓰인 내용을 보다 보면 알고 있었던 내용도 처음 보는 것 같은 느낌이 들곤 합니다. 때로는 전혀 알지 못했던 새로운 내용을 학습하기도 합니다.

새로운 것을 학습하는 일은 우리로 하여금 익숙함에서 벗어나도록 돕고, 내가 아는 것만 답이 아니라는 것을 인정하도록 하며, 결과적으로 우리를 조금 더 유연한 상태로 유지해 줄 것입니다.

4. 모임에 참여하기

많은 경우에 사람들은 자신이 다짐한 것을 끝까지 지키지 못하고 포기합니다. 이런 일을 반복하지 않기 위해 같은 목적을 공유하는 모임에 참여해보세요. 모임을 하게 되면 혼자서 정보를 모으고 습득하는 것보다 훨씬 많은 양의 정보를 습득할 수 있습니다. 하나의 목적을 가지고 모이는 모임은 동기부여가 훨씬 더 잘 될 뿐만 아니라 좋은 에너지를 주고받으며, 실천하게 해줍니다.

특별히 모임을 만들기 힘들다면 이미 만들어져 있는 모임에 참여하는 것도 방법입니다. SNS에 이미 많은 모임이 올라오고 있습니다. 한국에서 가장 대표적인 모임은 한국코치협회 월례회와 국제코치연맹ICF 월례회입니다. 월례회라는 말에서 알 수 있듯, 이 모임은 한 달에 한 번 열립니다. 이곳에서 유익한 정보와 양질의 교육을 들을 수 있습니다. 이러한 월례회 정보는 각 협회 홈페이지에 공지됩니다. 매달 찾아 들어가는 것이 불편하다면 정회원으로 가입하는 것도 방법입니다. 정회원으로 가입하면 매월 월례회나 교육, 행사에 대해 이메일로 공지가 오기 때문에 좀 더 편하게 정보를 받을 수 있습니다.

5. 나 자신을 비우는 연습

코칭 과정은 자기 생각과 판단을 내려놓고 고객의 생각과 판단을 듣는 것입니다. 초보 코치가 가장 많이 하는 실수가 바로 판단하고, 자기 생각을 상대에게 강요하는 것입니다. 우리가 코치다움을 잘 실천하기 위해서 항상 자신을 비우는 연습을 해야 합니다.

가장 손쉽게 할 수 있는 방법은 명상입니다. 명상을 통해 자기 내면에서 올라오는 생각을 감지할 수 있고, 생각을 올바르게 다루는 방법을 배울 수도 있습니다.

코칭을 하다 보면 자신의 판단이나 의도가 느껴질 때가 있습니다. 그것을 언어나 비언어로 표현을 하고 나서 깨닫는 경우도 있고 그 전에 깨닫는 경우도 있을 것입니다. 당연히 표현하기 전에 미리 감지하고 예방하는 것이 훨씬 좋습니다. 내 생각과 판단, 의도를 내려놓고 상대의 말을 온전히 집중해서 들어야 더 깊은 경청이 이뤄집니다.

명상의 효과는 근력과 매우 유사합니다. 평소에 근력 운동을 꾸준히 한 사람은 무거운 물건을 손쉽게 들 수 있습니다. 하지만 근력 운동을 해두지 않은 사람이라면 무거운 물건을 들기 위해 근육을 사용해도 바로 효과를 볼 수가 없습니다. 그때 돼서 부랴부랴 아령을 들고 운동을 시작한다고 해도 지금 당장 닥친 일에 효과를 볼 수는 없습니다.

명상도 마찬가지입니다. 평소에 명상을 자주 한 사람은 비움이 필요할 때 큰 효과를 봅니다. 그래서 평소에 명상과 함께 자기 내면의 변화를 알아차리고 비우는 연습을 해두길 추천합니다.

최근에는 많은 경로를 통해서 명상에 대한 정보를 무료로 구할 수 있으니 조금만 찾아본다면 자기 수준에 맞는 정보를 얻을 수 있을 것입니다. 명상 다음으로 자기 생각을 비우는 데 좋은 방법은 일기를 쓰는 것입니다. 우리 머릿속에 떠오르는 생각을 글로 적는 행위는 그 생각을 다루기 쉽게 만들어 줍니다.

글을 쓰는 형태는 자유롭게 선택하면 됩니다. 일기 형식으로 그날의 일을 적는 방법이 가장 대중적입니다. 조금 더 세부적으로 들어가 보면 감사 일기나 질문 일기, 감정 일기와 같이 다양한 방법이 있습니다. 서점에도 많은 형태의 일기장이 판매 중입니다. 자신에게 맞는 방법을 찾아보고 적어보기를 권해드립니다.

10장 코치의 지속적 성장 로드맵

그동안 다른 코치님들의 성장을 도와드리며 코치로서 성장하는 것에는 특정한 단계가 있다고 느꼈습니다. 물론 모든 단계를 칼로 자르듯 명확하게 구분하기는 어렵습니다. 하지만 우리가 인간의 발달 단계에 대해서 공부하듯이 코치의 발달 단계를 알아두는 것도 분명 유익하리라 생각합니다. 지금 자신의 위치를 이해하고, 가장 중요한 과업이 무엇인지 알고, 수행하고, 앞으로의 성장 계획을 세우는 데에 활용해보시길 바랍니다.

자, 제가 정리한 코치의 성장 단계에 대해 간단하게 설명해보겠습니다.

성장하는 코치의 7가지 발걸음

1. 코칭 철학의 수용

저에게 누가 코칭에서 가장 중요하고, 가장 먼저 확립해야 하는 것이 무엇이냐고 물어본다면, 저는 한 치의 망설임도 없이 코칭 철학의 수용이라고 답할 것입니다.

코칭은 기본적으로 모든 사람은 온전하고, 스스로 답을 창조할 수 있다는 믿음을 갖고 있습니다. 이 철학은 지난 12년 동안 저의 코칭 경험 전체를 관통하는 주제였습니다. 철학에 대한 수용은 코칭을 하는 사람이라면 누구나 노력해야 하는 요소라고 생각합니다. 이 철학은 고객을 보는 패러다임을 만들어 주고, 그 패러다임은 고객을 대하는 태도와 관점에 영향을 줍니다.

대한민국의 일반적인 교육을 받았다면 대부분 사람들에게 코칭 철학은 생소한 관점입니다. 보통 사람들은 상대 안에 있는 답을 끌어내기보다는 내가 아는 답을 알려주고, 스스로 찾은 답에 맞춰 살도록 돕기보다는 정해진 답에 맞춰지도록 다그치고, 시행착오를 경험하도록 격려하기보다는 답을 알려주고 빨리 습득하도록 재촉합니다. 새로운 도전을 격려하기보다는 남들이 하던 대로 하도록 강요합니다. 이런 모습은 직장이나 가정에서도 매우 자주 볼 수 있지요. 직장에서, 선배와 후배의 대화에서, 우리는 이런 상황을 너무도 자주 경험합니다. 부모와 자녀의 대화에서도 정말 자주 경험할 수 있습니다. 학교에서도 마찬가지입니다.

이런 문화 속에서 자라고 교육받은 우리가 정말 순수하게 상대의 관심사와 상대의 패러다임, 상대의 가치관, 상대의 성공 방식에 맞는, 그 사람만의 답을 스스로 찾도록 기다려 주는 것은 처음 코칭을 하는 사람에게 정말 어려운 일입니다. 그래서 코치가 되고자 하는 사람은 무엇보다 코칭 철학을 몸으로 깊이 체득하는 것이 중요합니다.

이를 연습하기 위해 자신이 진행한 코칭 녹음 파일을 다시 들어보며 코치의 질문과 반응이 정말 코칭 철학에 합당했는지 점검하시길 추천합니다.

2. 프로세스에 익숙해지기

코칭 프로세스는 대부분 GROW 모델에 기초하여 만들어졌습니다. 그리고 어떤 코치님은 코칭의 힘이 그 프로세스에 있다고 말씀하십니다.

GROW 모델은 1980년대 존 휘트모어John Whitmore와 그의 동료들에 의해 개발된 코칭 모델입니다. 1992년 존 휘트모어John Whitmore의 저서 〈성과향상을 위한 코칭리더십〉의 초판본이 출판되어 세계적으로 유명해졌으며 가장 많이 쓰이는 모델 중 하나입니다.

책에서는 GROW 모델을 이렇게 설명합니다. G Goal, 목표, R Reality, 현실, O Option, 대안, W Will, 의지. 그는 이 모델을 코칭 프레임워크라고 표현했습니다. 한국코치협회나 국제코치연맹 ICF 모두 이 모델에 대해서 교육을 하고 있기 때문에 이미 자세한 내용을 알고 계시리라 생각합니다.

하지만 이 역시 우리 문화에서 익숙하지 않습니다. 코칭에서는 가장 먼저 목표를 설정합니다. 상대가 이루고 싶은 모습이 무엇인지 먼저 대화하는 것이죠. 하지만 우리의 일반적인 대화를 보면 현재 위치부터 먼저 물어봅니다. 무언가가 잘 풀리지 않아서 찾아온 사람에게 지금 어떤 상태인지 먼저 질문한다면 그 질문이 창의적인 생각을 하도록 도와줄까요? 그렇지 않습니다.

이처럼 코칭의 대화 순서는 철저하게 상대의 목적과 꿈을 끌어내고, 더 구체화하고, 그렇게 살 수 있도록 돕는 일에 최적화되어있습니다. 이 대화 순서 자체가 갖는 힘이 있습니다. 코치에게는 다음에 어떤 질문을 이어나갈지 큰 길을 보여줍니다. 고객에게는 도전적이고 창의적인 사고를 하도록 이끕니다. 또한 하나의 목표로 하나의 대안을 찾아가는 대화의 흐름은 새로운 방식으로 생각하고 행동하도록 도와줍니다. 철학에 대한 수용이 된 후에는 프로세스가 몸에 익숙해질 때까지 반복해서 연습해야 합니다.

3. 기술적인 다듬기

일반적으로 앞의 두 단계를 연습할 때 기술적인 다듬기를 함께 진행합니다. 저는 코칭 실력은 코칭을 하면서 키워야 한다고 생각합니다. 연습을 하다 보면 자연스럽게 함께 진행되고 있을 것입니다. 하지만 경계해야 하는 부분은 앞 단계가 이뤄지지 않은 상태에서 기술에만 치중하는 것입니다.

한 번의 코칭에서 철학에 대한 수용 정도와 코칭 프로세스가 얼마나 익숙한지, 코칭 기술을 얼마나 잘 사용 하고 있는지 동시에 볼 수는 있습니다. 하지만 앞 단계가 이루어지지 않은 상태에서 뒷 단계에 먼저 집중하는 것은 지양해주세요.

앞 단계가 어느 정도 자연스러워진 분은 이제 코칭 대화에서 활용되는 기술을 일차적으로 다듬을 필요가 있습니다.

초보 코치가 연습할 최소한의 기술은 다음과 같습니다.

• 닫힌 질문을 하지 않고 열린 질문을 한다.

• 경청에 필요한 기술을 실제로 사용한다.

• 시간 안에 프로세스를 마친다.

• 주제와 세션 목표를 구분한다.

• 세션 목표에 맞는 대안을 찾는다.

- 고객에게 효과적으로 지지를 표현한다.
- 코치보다 고객이 더 많이 말하게 돕는다.
- 고객과 나눈 모든 코칭 대화는 비밀로 지킨다.
- 매 순간 내 생각과 판단을 내려놓고, 고객에게 집중한다.
- 코칭 철학이 반영된 질문을 한다.
- 코치와 고객의 말 하는 비율이 2:8에 가깝다.

위 내용은 코칭의 모든 기술과 역량을 망라한 것이 아닙니다. 단지 코치로서 첫발을 내디딜 때 집중적으로 연습해야 할 요소를 나열한 것입니다. 누구든 자유롭게 자신만의 목록을 추가해도 좋습니다. 단, 이 시기에 기술적인 부분을 연습할 때 한 가지 주의할 점은 모든 기술과 역량을 완벽하게 만들겠다는 마음을 버려야 한다는 것입니다.

위에 나열한 기본적인 요소를 제외하고도 이미 많은 내용을 배웠을 것입니다. 기적 질문이나 수치화 질문이 대표적인 예입니다. 그러나, 초반부터 바로 기적 질문이나 수치화 질문까지 완벽하게 하려고 하진 마세요. 지금은 코칭 자체에만 집중하는 것이 좋습니다. 너무 완벽하게 하려는 욕심을 버려야 합니다.

이 시기에는 각 단계에서 할 만한 질문 예시를 외우면서 연습하는 것도 도움이 됩니다. 단 앞에서 말했듯 너무 많은 것을 한 번에 다 하려고 하지 마시고, 한 세션에 한 가지씩 도전해보시고, 적절했는지 피드백을 해보세요. 아래 표는 저희 〈행복공방〉에서 사용하는 셀프 피드백 표입니다.

프로세스별	첫 세션	고객이 코칭 철학을 이해하고 있는가?
		코치가 제공하는 것과 제공하지 않는 것에 대해 고객이 이해하고 있는가?
		비밀엄수 윤리규정에 대해 고객이 이해하고 있는가?
		코칭의 중·장기적인 목표를 합의했는가?
	코칭관계 형성	코칭 시작 시간을 지켰는가?
		고객이 긴장을 풀 수 있도록 도왔는가?

		고객의 에너지가 긍정적인 상태가 되었는가?
	코칭관계 형성	고객이 코칭 시간을 충분히 안전하게 느끼는가?
		지난 세션의 실행 계획에 대해 논의하였는가?
프로세스별		고객이 자신의 꿈, 목적, 사명, 신념 등에 대해 이야기 할 수 있도록 했는가?
		고객이 주도권을 갖고 목표를 정했는가?
	목표설정	현실적으로 달성 가능한 세션 목표를 합의했는가?
		세션 목표가 달성 여부를 확인할 수 있는 수준인가?
		세션 목표에 대해 고객과 코치가 명확하게 인지할 수 있도록 합의 됐는가?

프로세스별	**현실인식**	목표와 관련된 사항을 충분히 논의했는가?
		고객이 목표와 현실 사이의 갭을 인식하도록 도왔는가?
		현 상황의 장단점을 균형 있게 파악했는가?
		고객의 에너지가 부정적인 방향으로 빠지지 않도록 했는가?
	대안탐색	고객이 생각해보지 못한 방식으로 생각하도록 질문했는가?
		다양한 관점으로 대안을 탐색하도록 질문했는가?
		코치의 의도가 들어간 질문을 하지 않았는가?
		고객이 더 새로운 방향으로 생각할 수 있도록 용기를 북돋아 주었는가?

프로세스별	실행의지	고객이 하나의 구체적인 실행 계획을 선택했는가?
		세션 목표와 일치하는 실행 계획인가?
		SMART한 계획인가?
		고객을 위해 후원 환경을 조성했는가?(코치 자신을 포함)
		고객 스스로 점검할 수 있도록 했는가?
		고객이 소화 가능한 수준의 계획인가?
		고객의 현실이 반영된 계획인가?
		코치의 의도, 판단은 없었는가?
		고객 스스로 깨달음을 정리하도록 질문했는가?
		코치가 고객에 대한 긍정적인 기대를 표현했는가?
		코칭 종료 시간을 지켰는가?

기술별	질문	열린 질문을 사용했는가?
		닫힌 질문의 횟수가 3회 미만인가?
		고객이 깊이 생각할 수 있는 질문을 했는가?
		질문이 간결한가?
		질문이 이해하기 쉬운 언어로 이루어졌는가?
		고객의 언어를 사용하여 질문했는가?
		긍정어를 활용하여 질문했는가?
		고객의 목표 달성과 관련 없는 질문은 없었는가?
		고객의 being(가치, 신념, 패러다임, 강점, 감정 등)을 반영한 질문을 했는가?

기술별	경청	코치가 고객의 에너지에 맞추어 음조 맞추기를 했는가?
		침묵을 적절히 활용했는가?
		고객의 말을 적절히 요약했는가?
		고객의 말속에 표현되지 않은 긍정적 의도, 성장 욕구를 경청했는가?
		고객의 말에서 사실, 감정, 해석을 구분했는가?
		고객의 비언어적인 표현에도 집중했는가?
	반응	고객의 말을 경청하고 있다는 것을 고객도 느꼈는가?
		고객의 에너지를 효과적으로 높였는가?
		응원, 지지, 인정, 칭찬, 격려를 지속적으로 활용했는가?
		고객의 말을 끊지 않았는가?

[표2] 코칭역량 평가 프레임

| 기술별 | 기타 | 코치와 고객의 대화량이 2:8에 가까운가? |
| | | 코치는 직업윤리, 윤리규정을 지키고 있는가? |

4. 다른 기술보다 코칭

아직 이 시기까지는 코칭이 익숙하지 않을 수 있습니다. 이때 많은 분이 코칭과 타협합니다. 코칭 세션 안에서 어떤 순간에는 상담사나 컨설턴트가 되기도 하고, 때로는 교사가 되기도 합니다. 장기적으로는 저도 기술적인 통합을 권장해 드리는 편입니다. 하지만 지금 단계에서는 다른 영역의 기술 사용을 적극적으로 피하라고 말씀드립니다.

우리가 어떤 두 가지 기술의 중용을 충분히 잘 지키면서, 적절히 융합하여 사용하려면 선행되어야 하는 것이 있습니다. 바로 두 가지 기술 모두가 '동일한 수준'으로 잘 갈고 닦여야 한다는 것입니다.

전쟁터에 나가는 장군에게 검과 활이 있습니다. 이 장군은 둘 중 검에 자신 있습니다. 활은 아직 배운 지 오래되지 않아서 익숙지 않습니다. 이 장군은 돌발상황에서 어떤 것을 먼저 쓰려고 할까요? 아마도 자기에게 더 익숙한 검을 쓰려고 할 것입니다. 하지만 더 유능한 장군은 결국 둘 다 잘 쓰는 장군일 것입니다. 언제까지나 어려운 상황이나 돌발상황에서 검만 사용한다면 이 장군은 활을 정말 잘 쓰는 수준으로 단련하기 어려울 것입니다. 그러면 중용을 지키기 힘들어지겠죠.

이처럼 어려운 상황이 오면 우린 분명 익숙한 기술을 사용하려 할 것입니다. 그럴 때일수록 다시 마음을 다잡고 코칭으로 해결하려고 노력해야 합니다. 그래야 코칭이라는 기술도 여러분 안에서 견고하게 단련될 것입니다. 그리고 결국 다른 기술과 중용을 지키며 사용할 수 있고, 통합이 가능해집니다.

우선 코칭을 여러분이 기존에 잘 알고 있던 기술만큼 갈고 닦으세요. 그 기간만큼은 코칭에 집중하세요. 융합과 통합은 그 뒤에 하셔도 늦지 않습니다.

5. 고객의 존재에 집중하기

위 단계까지 성장하고 나면 한국코치협회에서 인증하는 KAC 자격 정도는 도전할 준비가 되셨을 것입니다. 코칭의 철학, 프로세스, 기술에 익숙해지고 나면 우린 다시 기본기술을 갈고 닦아야 합니다. 그중 가장 먼저 추천해 드리는 것이 바로 경청입니다.

경청에는 세부적으로 많은 기술이 있습니다. 교육하는 회사마다, 코칭 모델마다 각기 조금씩 다른 언어로 표현하고 있으므로 그것을 모두 이 책에 담지는 않겠습니다. 그래도 한 가지를 고른다면 고객의 존재를 경청하고, 느끼고, 그대로 존중하고, 인정해주는 것입니다.

존재는 일반적으로 'being'으로 표현합니다. 이 안에 포함된 것들은 매우 광범위합니다. 그중 지금 단계의 코치가 집중적으로 연습하기 좋은 것들은 다음과 같습니다.

- 가치관, 우선순위, 신념, 성공 방식, 감정, 패러다임, 강점, 생각 패턴

이 내용은 코칭의 철학과도 맞닿아있습니다. 기술적인 측면에 집중하다 보면 우리가 너무 쉽게 놓치는 부분이기도 합니다. 코칭 세션마다 고객의 존재에 집중해보세요. 듣기도 하고, 보기도 하고, 느끼기도 해야 합니다. 오감을 사용해서 집중해야 합니다. 고객은 때로 비언어적인 방식으로 자신의 존재를 드러내기 때문이죠.

그 순간에 고객을 판단하지 말고 있는 그대로 인정해주세요. 인정을 표현해주세요. 고객이 이 순간 존중받고 있고, 받아들여지고 있다는 것을 자연스럽게 느끼게 해주세요. 최대

한 정중한 표현 방식을 사용하세요. 고객이 공격이나 방어를 할 필요 없게 표현해주세요.

처음부터 모든 것이 정확하게 맞아떨어지지 않을 수 있습니다. 틀려도 괜찮습니다. 틀렸다면 다시 정중하게 질문하세요. 그리고 다시 경청하세요.

"그렇다면 고객님 생각은 어떠세요?"

6. 자기만의 지속적인 성장 루틴 만들기

코치로서 성장하는 과정은 전문 직업인이 되는 과정이라기보다 자신의 존재가 코치화되는 과정이라고 볼 수 있습니다. 이 과정은 순식간에 이뤄지지 않습니다. 종이에 잉크를 떨어뜨리면, 떨어진 직후에는 **빠른 속도로 번져 나갑니다.** 그러나 이내 속도가 느려지고 매우 천천히 번져 나가는 것을 볼 수 있죠.

우리가 코치가 되어가는 과정도 이와 유사합니다. 처음에는 눈에 보이는 변화가 나타나서 재미도 있고 뿌듯합니다. 하지만 어느 순간부터 변화와 성장의 속도가 느려지고, 잘 느껴지지 않는 순간이 옵니다.

이때 우리에게 필요한 것이 **자기만의 성장 루틴**입니다. 성장의 지속성과 나의 처음 목적을 잃지 않고 계속 앞으로 나아갈 수 있도록 해주는 루틴을 만드세요. 단기 목표를 세워서 달성하는 것도 방법이 될 것입니다. 그것은 자격증이 되기도 하고, 교육과정이 되기도 하고, 책이 되기도 합니다. 앞장에서 말씀드린 루틴이 이 단계에서 도움이 될 것입니다. 그 루틴이 이미 몸에 배어있다면 가장 이상적입니다. 지금 설명해 드리는 단계에서는 좀 더 자신에게 최적화시키세요.

제가 그동안 코치로서 내면과 외면을 관리하기 위해 한 노력은 다음과 같습니다. 자신만의 루틴을 만드는 데 도움이 되시길 바랍니다.

- 모든 코칭 세션 앞뒤로 30분 이상 시간 간격을 둔다.
- 세션 전에 코칭 철학을 읽는다.
- 코칭 전후 명상을 통해 나를 비운다.
- 매일 관심 있는 연구자료나 책을 읽는다.
- 30분 이상 산책한다.
- 2달마다 새로운 자격증에 도전한다.
- 녹음된 코칭은 24시간 안에 셀프 피드백한다.
- 매일 셀프격려를 한다.
- 매일 성경을 읽고 내 삶에 적용한다.
- 매일 감사한 것 3가지를 찾아 아내와 나눈다.

7. 코칭 만능주의를 조심하자

코칭을 어느 정도 하다 보면 코칭 만능주의에 빠지기 쉽습니다. 무엇보다 경계해야 하는 것은 코칭을 받아야 하는 고객이 아닌데 코칭으로 해결하려고 붙잡고 있는 것입니다. 상담이 필요한 고객에게 코칭을 억지로 권해서는 안 됩니다. 컨설팅을 원하는 고객에게 코칭을 제공하는 것도 옳지 못합니다. 가르침을 기대하고 있는 고객에게 질문만 하는 것도 이상적이지 않습니다.

우리는 코칭을 원하고 코칭이 필요하다고 합의된 고객에게 코칭을 제공해야 합니다. 그리고 코칭 외에도 사람을 돕는 방법은 많다는 것을 알고, 다른 방법을 충분히 존중하는 태도를 갖춰야 합니다.

우리는 충분히 유연해야 하고, 겸손해야 하고, 수용할 줄 알아야 합니다.

4부

구칠전략의 모든 것

11장 PDRC 라이프 디자인 코칭 모델

이번 장에서는 제가 그동안 고민하면서 만든 코칭 모델을 소개해 드리려 합니다. PDRC 모델이라고 이름 붙인 모델입니다. P^{Plan}는 계획하기, D^{Do}는 실천하기, R^{Reflect}은 숙고하기, C$^{Carry on}$는 지속하기를 의미합니다.

제가 처음 이 모델을 구상할 때에는 진로 코칭, 생애 설계, 커리어 코칭이라고도 부르는 라이프 디자인을 고려해서 만들었습니다. 누구나 쉽게 따라 할 수 있도록 만들고자 고민했습니다. PDRC 모델을 일차적으로 완성하고 지난 4년간 여러 고객과 이 모델로 코칭을 수행해 봤습니다. 그런데 이 모델은 라이프 디자인뿐만 아니라 라이프 코칭 대부분에 적용된다는 것을 깨달았습니다. 10대부터 50대까지 다양한 연령층의 고객과 다양한 주제로 이 모델을 실험했고 모두 효과를 봤습니다. 중학생 고객에게 모델을 설명해주고 고객의 삶에 적용할 수 있을지 물어봤을 때 그 고객은 쉽게 적용 가능할 것 같다고 이야기했습니다. 이 모델은 좁게는 라이프 디자인을 할 때, 넓게는 일반적인 라이프 코칭을 할 때 이용 가능하다고 생각합니다.

이 장에서는 코치인 여러분도 조금이나마 체험해 보실 수 있도록 질문과 워크시트를 포함했습니다. 먼저 다양한 이슈를 활용해서 셀프 코칭으로 이용해 보시고 코칭에 녹여내 보세요.

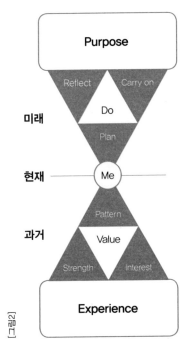

[그림2]

1. 개요

PDRC 모델은 크게 과거, 현재, 미래로 나뉩니다. 과거의 경험을 통해 현재의 나를 이해하고 인정합니다. 그리고 현재의 내가 할 일을 정하기 위해 미래를 봅니다.

궁극적으로 고객이 스스로 미래를 계획하고 실행하며 조금씩 꿈·비전·사명에 가까워지는 삶, 행복한 삶, 자기다운 삶을 살도록 돕는 것이 이 모델의 목표입니다.

그러면 지금부터 단계별로 살펴보고, 여러분 스스로 적용할 수 있도록 최대한 도와드리겠습니다.

2. 배경

제가 이 모델을 만들게 된 배경은 다음과 같습니다. 저는 2010년부터 지금까지 코치 활동을 해오면서 많은 사람들과 1:1로 깊은 대화를 나눴습니다. 청소년부터 주부, 직장인, 프리랜서, 대기업 임원, 자영업자, 교사, 강사 등 다양한 직업군을 만나왔습니다. 많은 사람들을 만나며 각자의 경험과 노하우를 들었고, 고민을 들었고, 꿈과 비전, 사명을 들었습니다. 그리고 그들이 성장하는 과정을 함께 해왔습니다.

그 과정에서 한 가지 느낀 점이 있었습니다. 진로를 설정하는 방법에 대해서 더 명확한 모델이 있으면 좋겠다는 것이죠. 세상은 점점 불명확한 방향으로 흘러가고, 많은 사람들이 불안해하고 있습니다. 수많은 직업이 생겨나고 사라지고 있습니다.

그동안 코칭을 했던 경험을 돌아보며 가장 성공적이었던 코칭 경험을 조합해 봤습니다. 이 과정에서 자신의 꿈을 이루는 데 성공한 사람들의 경험을 조합해봤습니다. 그 안에서 공통적인 요소를 발견했고 조금 더 알기 쉽게 도식화하고 설명하고 실험하는 과정을 3년여간 진행했습니다. 그리고 지금의 PDRC 모델을 정리했습니다.

제가 라이프 디자인을 코칭으로 다뤄야 한다고 생각하는 또 다른 이유가 있습니다.

진로는 어떤 시점에 대한 이야기를 하는 것일까요? 미래에 대한 이야기입니다. 고객의 미래를 어떻게 실현할 것인가를 고민하고 설계하는 것이 바로 진로 설계입니다. 그것을 더 포괄적이고, 목적에 맞게, 구체적으로 그려내는 것이 라이프 디자인입니다. 그렇기 때문에 미래지향적인 코칭이 가장 효과적인 방법이라고 생각합니다.

이 모델을 이해하고 하나하나 실천해 나간다면, 미래를 어떻게 설계해야 좋을지 고민하는 고객을 코칭 할 때 많은 도움이 될 거라 생각합니다.

3. 자기 탐구

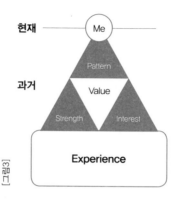

[그림3]

우리의 미래를 그려보기 전에 먼저 과거를 돌아봐야 합니다. 코칭은 미래지향적이라고 말하면서 왜 과거를 먼저 돌아보아야 하는지 의문을 품는 분도 있을 수 있습니다. 이유는 간단합니다. '무엇을 하고 싶은가?', '어떤 삶을 살고 싶은가?', '당신의 꿈은 무엇인가?' 이 세 가지 질문에 진정성 있는 답을 하는 사람이 거의 없기 때문입니다.

저의 예를 들어볼까요. 제 꿈은 사람을 살리는 일을 하는 겁니다. 제가 가장 좋아하는 코칭을 통해서 사람들의 변화와 성장을 지원하며 살고 싶습니다. 그러기 위해서 더 많은 사람을 만나고 싶고, 더 많은 코칭 경험을 쌓고 싶고, 사람을 도울 수 있는 다른 방법도 많이 배우고 싶습니다. 제가 말하는 '사람을 살리는 일'이란 의사들이 하는 것과 다른 일입니다. 자존감을 키워주고, 효능감을 느끼게 해주고, '나'로서 살도록 돕는 일입니다. 하지만 많은 사람들이 위의 질문에 피상적인 답을 하거나, 자기 내면에서 나오는 답이 아닌 남들이 정해 놓은 답을 합니다. 그 정도 꿈과 목표로는 동기가 생기지 않을뿐더러 지속성도 생길 수 없습니다. 쉽게 포기하고 좌절하는 것이 당연할 수 있습니다. 그리고 남들이 정해 둔 답은 항상 경쟁이 치열합니다. 다른 사람들도 그렇게 생각하기 때문입니다. 그렇게 좌절을 거듭하다 보면 결국 하고 싶은 것이 아니라, 쉽게 할 수 있는 것만 추구하게 됩니다. 그저 흘러가는 대로 사는 삶을 살게 됩니다.

누구도 좌절만 거듭하며 살기를 원하지는 않을 거예요. 그래서 자신의 미래를 바꾸고 싶은 사람들이 비용을 지불하고 코칭을 받고자 하는 것이겠지요.

우리가 과거를 먼저 살펴볼 수밖에 없는 이유는, 대부분의 사람들이 바쁜 삶을 살아가며 자신에 대해 이해를 충분히 하지 못하기 때문입니다. 자기성찰의 시간조차 충분히 갖지 못합니다. 그래서 우선 코칭을 통해 과거를 돌아보며 스스로를 성찰할 수 있는 시간을 마련해주는 것이 필요합니다.

현대 사회처럼 빠르게 변화하고 바쁘게 돌아가는 일상에서 우리가 자신에 대해서 탐구할 여유는 좀처럼 생기지 않습니다. 나의 의도와 무관하게 벌어지는 일에 대처하기에도 시간이 모자라 보입니다.

스탠퍼드 청년 연구소Stanford Center on Adolescence의 책임자 윌리엄 데이먼William Damon에 따르면 20~26세 젊은이 5명 중 1명만이 삶에서 무엇을 성취하고 싶으며 그 이유가 무엇인지에 대한 명확한 비전이 확립되어 있다고 합니다. 약 20%의 청년만이 명확한 비전이 있는 것이지요.

또한 〈디자인 유어 라이프〉의 저자이자 스탠퍼드 대학교 수인 빌 버넷Bill Burnett과 데이브 에번스Dave Evans는 이렇게 말합니다.

"우리가 학생들을 가르친 경험에 의하면 전 연령의 80%가 자신이 어떤 것에 열정을 느끼는지 전혀 모른다."

뒤집어 보면 다음과 같습니다. 만일 자신이 무엇을 가치 있게 여기는지 안다면 삶에 우선순위가 정해질 것이고, 혼란이 줄어들 것입니다. 자신의 강점이 무엇인지 안다면 그것을 충분히 활용하여 일을 더 효율적으로 해결할 것입니다. 자신이 어떤 패턴을 지녔는지 안다면 선택과 집중에 중요한 단서가 될 것입니다. 자신이 흥미를 느끼는 일이 무엇인지 안다면 어떻게 에너지를 충전할지 알 수 있겠죠. 이런 요소는 우리가 도달하고자 하는 목적지를 설정하는 데 중요한 단서가 되어줍니다.

- 진정 내가 가치 있게 여기는 것은 무엇인가요?
- 내 삶을 관통하는 한 가지 메시지는 무엇인가요?
- 내 삶에서 반복적으로 나타나는 패턴은 무엇인가요?
- 나의 흥미, 강점을 설명해주세요.

고객에게 위의 네 가지 질문을 했을 때 바로 대답하는 사람은 많지 않습니다. 나 자신에 대해 좀 더 깊이 있는 탐구를 하기 위해서는 과거를 먼저 볼 수밖에 없습니다. '현재의 나'는 '과거의 나'가 내린 수많은 결정의 결과이니까요. 부정하고 싶지만 현재는 과거의 결과입니다.

이것이 우리가 과거를 먼저 살펴보는 이유입니다. 모델의 과거 시점의 가장 하단에 '경험Experience'을 위치시킨 이유이기도 합니다. 자신을 탐구하기 위해 과거 경험에 대한 깊이 있는 고찰을 해야 합니다. 질문을 통해서 과거의 경험과 지금부터 경험하게 될 일까지 매 순간 관찰한다면 결국 자신에 대한 이해를 높일 수 있을 거예요.

우린 매일 경험을 하고, 지금 이 순간도 하나의 경험이 됩니다. 매 순간은 1초라도 지나면 과거가 되고 있습니다. 1초 전에 했던 행동, 말이 이미 과거의 행동과 말이 된 것이죠. 우리는 시간의 연속선 사이에 살고 있습니다. 과거와 현재가 교차하는 일상 속에서 경험을 흘려버리지 말라고 제안 드리고 싶어요. 매 순간 경험과 배움이 쌓입니다. 경험을 그냥 흘려보내지 말고 교훈으로 삼거나, 나 자신을 탐구하는 데 활용해 보세요. 그 시간은 반드시 여러분에게 보상을 줄 것입니다.

탐구에 필요한 시간은 사람마다 다릅니다. 그럼 본격적으로 자기 이해를 위한 시간을 가져보겠습니다. 메모지와 필기구를 미리 준비해주세요. 저는 아래의 질문을 종이에 적거나 고객과 메신저로 나누기도 합니다. 지금 코칭을 받는 중이라고 가정하시고 고객이 되어 답해보세요.

가치관 Value

어떤 말을 하고 무엇을 믿든지 결국 우리는 지금 이 순간에 존재being합니다. 지금의 내가 존재하기까지는 과거가 있을 수밖에 없습니다. 그렇기에 지금의 나를 이해하기 위해서 과거의 경험을 주의 깊게 관찰할 필요가 있습니다. 고객과 함께 관찰하기 위해 아래와 같은 질문을 할 수 있습니다.

Q1. 자신을 화나게 했던 경험은 무엇인가요? 그 경험들의 공통점은 무엇인가요?

Q2. 자신을 기쁘게 했던 경험은 무엇인가요? 그 경험들의 공통점은 무엇인가요?

Q3. 자신이 보람을 느꼈던 경험은 무엇인가요? 그 경험들의 공통점은 무엇인가요?

Q4. 자신이 의미 없다고 느꼈던 경험은 무엇인가요? 그 경험들의 공통점은 무엇인가요?

Q5. [Q1]과 [Q4]의 답을 다시 보세요. 무엇이 충족되지 않아서 그렇게 느꼈나요?

Q6. 위 질문들에 대한 답을 바탕으로 자신이 가치 있게 여기는 것들을 단어로 표현해보세요. 개수에 제한 없이 찾아보세요.

Q7. [Q6]의 답으로 적은 단어들의 우선순위를 생각해보세요. 그중 우선순위 1위부터 5위까지의 가치를 다시

적어보세요.

위 질문들은 경험을 바탕으로 자신을 탐구할 수 있는 기본적인 질문입니다. 공통점을 적으며 어떤 생각이 드셨나요? [Q7]에서 답한 마지막 5개 단어를 다시 읽어보세요. 어떤 느낌이 드시나요? 저는 그 마지막 단어를 **핵심가치**라고 부릅니다. 자신이 중요하게 여기는 가치를 단어로 표현하고 그 우선순위를 아는 것까지가 '가치관의 정립'이라고 정의합니다.

과거를 통한 자기 이해 중에 가치관을 가장 먼저 보는 이유는 무엇일까요? 그림에서 가치관이 중앙에 있는 것과 같은 이유입니다. 바로 가치관이 다른 것들에 영향을 주기 때문입니다. 강점, 흥미, 패턴에 있어서 가장 많이 영향을 주는 것이 가치관입니다. 가치관에 따라서 과거의 행동과 정서가 결정되었을 것이기 때문이죠. 행동과 정서는 각자가 느끼는 감정이나 보람과 같은 것들로 결과를 만들어 냅니다.

또한 가치관에 대한 부분을 올바르게 이해하고 나면 나머지 부분을 탐구할 때도 중요한 단서를 얻게 됩니다. 탐구 시간을 단축해주고 정확성을 높여줍니다. 고객이 정말 필요한 곳에 정신 에너지를 사용할 수 있도록 돕습니다. 그래서 가치관에 대한 올바른 이해는 결과적으로 고객이 삶에서 더 많은 주도성을 발휘하며 살 수 있도록 해줍니다.

가치관은 인생관과 직업관에 큰 영향을 줍니다. 가치관에 맞는 진로설정을 했을 때 더 큰 만족감과 보람을 얻을 수 있습니다. 이러한 이유로 가치관이 모델의 과거 시점 중앙에 있고, 가치관을 가장 먼저 탐구하는 것입니다.

다만, 가치관에 대한 탐색이 너무 어려운 경우에는 강점, 흥미, 규칙성을 먼저 탐구하는 것도 대안이 될 수 있습니다. 먼저 탐구한 다른 결과에서 가치관에 대한 단서를 얻을 수 있습니다.

강점 Strength

강점이란 무엇인가요? 이 과정에서 강점은 다른 사람보다 우세한 부분(특성)을 뜻합니다. 그렇기 때문에 강점은 상대적인 특징이 있습니다. 자신의 주관적인 평가보다는 다른 사람과 비교하여 생각하는 것이 필요합니다. 강점을 찾기 위해 고민할 때 참고할 질문은 다음과 같습니다.

Q1. 동일하거나 비슷한 시간을 투자했을 때, 다른 사람보다 더 좋은 결과를 냈던 경험은 무엇인가요?

Q2. 그 경험에서 자신의 어떤 특성이 작용했나요? 한 단어로 표현해보세요.

Q3. 다른 사람들로부터 유독 자주 칭찬받는 것은 무엇인가요? 한 단어로 표현해보세요.

Q4. 다른 사람들보다 유독 더 편하게 할 수 있는 일은 무엇인가요?

Q5. 그 일에는 자신의 어떤 특성이 작용하나요? 한 단어로 표현해보세요.

Q6. 당신이 성취한 일들을 떠올려보세요. 그 일에서 발휘한 당신의 특성은 무엇인가요?

답을 적어보셨나요? 다시 한번 읽어보면서 마음속에 그려보세요. 이것이 강점으로 와닿나요? 결과가 와닿지 않는다면 시중에 나와 있는 강점에 대한 검사를 받아보시는 것도 좋습니다. 때로는 강점을 주제로 정리해 둔 글을 보시는 것도 도움이 됩니다.

강점은 좋은 결과를 낼 수 있도록 도와줍니다. 따라서 강점은 라이프 디자인에서 직업을 선정할 때 중요한 역할을 합니다.

강점을 찾는 과정은 PDRC 진로코칭 모델에서 유일하게 다른 사람과의 비교를 통해서 정의하는 영역입니다. 그만큼 감정이나 자존감의 상태에 따라 다양한 답변을 예상할 수 있습니다. 그렇기 때문에 다른 과정에 비해 특히 조심히 다뤄야 합니다.

흥미 | Interest

흥미는 개인의 선호도나 관심입니다. 폴 실비아Paul Silvia는 〈Exploring the Psychology of Interest〉에서 흥미를 '물체, 사건, 과정 등에 이끌리는 정서나 감정'이라고 표현합니다. 흥미는 지극히 개인적이고 주관적입니다.

Q1. 시키지 않아도 스스로 하는 일은 무엇인가요?

Q2. 우연히 시도했다가 계속 지속하게 됐던 일은 무엇인가요?

Q3. 일단 시작하면 시간 가는 줄 모르고 하게 되는 일은 무엇인가요?

Q4. [Q1~3]에 대한 답을 다시 읽어보고, 왜 그런 결과가 나왔는지 찾아보세요. (답마다 1개 이상)

Q5. 나의 흥미를 가장 자극하는 것을 3가지로 정리해보세요.

흥미는 어떤 일을 할 때 즐거움을 느끼게 해주는 요소입니다. 흥미를 통해 자신에게 유혹이 되는 것도 알 수 있고, 그 외에 피해야 하는 것도 이해할 수 있습니다. 라이프 디자인의 중요한 부분은 바로 자신이 어느 분야에 흥미가 있는지 제대로 아는 것이기 때문입니다.

규칙성 Pattern

규칙성이란, 삶에서 반복적으로 나타나는 행동(반응)입니다. 어떤 면에서는 가치관의 표현입니다. 우리의 삶을 돌아보면 나도 모르게 반복적으로 하는 일이 있습니다. 의식적인 행동인지 그렇지 않은지는 중요하지 않습니다. 중요한 것은 반복성의 여부입니다.

Q1. 자신의 인생에 중요했던 기점들을 생각해보세요.

Q2. 각 기점들을 바탕으로 자신의 삶을 나눠보세요.

Q3. 시기별로 반복했던 자신의 행동을 찾아보세요.

Q4. 그 외에 내가 하지 않을 수 없는 행동은 무엇인가요?

모델을 보시면 '현재의 나'에 가장 가까이 있는 것이 '규칙성'입니다. 이 자리에 규칙성이 위치하는 이유는 가치관, 흥미, 강점이 우리 삶에서 규칙적으로 표현되는 경우가 많기 때문입니다. 규칙성을 파악하면 나와 고객을 탐구할 때 많은 단서를 얻을 수 있습니다. 그리고 현실인식 단계에서 고객 자신에 대한 이해도를 높일 수 있습니다. 대안을 찾는 과정에서 규칙성을 이용해서 새로운 방식으로 생각하도록 도울 수도 있습니다. 실행 계획을 설계할 때 실천 가능성을 높이는 설계를 하도록 이용할 수도 있습니다. 감정에 대한 반응을 설계할 수도 있습니다. 과연 어떤 규칙성을 발견할 수 있을까요? 이제 전체 과정을 다시 돌아볼 시간입니다.

과거를 통한 자기 탐구 종합 🖋

자신의 가치관, 강점, 흥미, 규칙성을 모두 적어봅니다. 아래 양식처럼 정리하거나, 마인드맵 형태로 정리하는 것도 좋습니다.

가치관	강점
흥미	규칙성

전체 내용을 보고 나 자신에 대해 다시 생각해봅니다.

Q1. 나는 어떤 사람인가요? 한마디로 표현한다면 뭐라고 할 수 있나요?

Q2. 이 과정에서 나에 대해서 새롭게 알게 된 것은 무엇이 있나요?

Q3. 이를 바탕으로 내가 생각하는 인생관은 무엇이라 말할 수 있나요? 바람직한 삶이란 어떤 삶인가요?

여기까지가 과거 경험을 통한 자기 탐구입니다. 충분히 여유를 갖고 탐구하는 것이 중요합니다.

중요한 것은 '지금' 생각해본다는 것입니다. 과거에 해보셨는지 안 해보셨는지는 중요하지 않습니다. 이번 기회에 조용한 환경에서 자신에 대한 깊이 있는 탐구를 해보신다면 더욱 도움이 되리라 생각합니다. 대부분의 고객은 이러한 자기 탐구를 스스로 하는 걸 익숙해하지 않아요. 하더라도 충분히 긴 시간 동안 새로운 방식으로 생각해 본 경험은 거의 없습니다. 고객이 혼자 자기 탐구를 하는 것보다는 코치의 질문을 통해 자신을 알아가고, 온전히 자신에게만 몰입할 수 있는 환경으로 코칭 세션을 진행한다면 굉장히 효과적일 것입니다.

이 과정에서 가치관에 대한 점검을 다시 하시고, 수정이 필요하다면 수정하셔도 좋습니다. 가치관이란 영구적으로 변하지 않는 것이 아닙니다. 가치관의 우선순위 또한 숫자로

드러나는 것처럼 명확한 것이 아닙니다. 그렇기 때문에 변할 수 있다는 유연한 관점을 가지고 바라보시길 바랍니다.

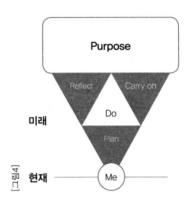

[그림4]

이제 미래를 그려볼 차례입니다. 전체 설계는 다음의 순서로 진행될 예정입니다.

목적 → 계획 → 실천 → 숙고 → 지속

그럼 미래 설계에 대해 더 자세히 이야기를 해보겠습니다.

목적 Purpose

목적은 어떤 것에 대한 이유입니다. 즉 '왜'라는 질문에 대한 답이 되는 것이죠. 그럼 목적은 어떻게 찾을 수 있는 걸까요? 바로 과거에 대한 탐구를 바탕으로 설정 가능합니다. 먼저 앞에서 적었던 질문들의 답을 읽어보고 진행하시길 추천드려요.

이제 앞에서 찾아보았던 핵심가치를 다시 읽어보아야 합니다. 충분한 자기 탐구를 진행해서 도출한 핵심가치인 만큼 그 단어들은 내가 가장 중요하게 여기는 요소기 때문이죠. 핵심가치는 삶의 목적을 만드는 재료입니다.

① 목적 찾기

Q1. 핵심가치 단어를 다시 적어보세요.

Q2. 단어를 깊이 묵상해보고, 내 삶에 어떤 의미가 있는지 생각해 보세요.

Q3. 어떤 사람이 되고 싶은가요? 생각하기 어려운 경우 핵심가치 단어를 이용해서 생각해보세요.

Q4. 어떤 사람들에게 영향을 주고 싶은가요?

Q5. 그들에게 주고 싶은 영향은 무엇인가요?

Q6. 어떤 사람이 되고 싶은지, 그러한 삶을 통해서 어떤 사람들에게 어떤 영향을 주고 싶은지 적어보세요.

Q7. 위의 답들을 다시 읽어보고 어떤 삶을 살고 싶은지 짧게 정리해보세요. 꼭 모든 답을 포함할 필요는 없습니다. 자신이 진정으로 원하는 삶을 문장으로 정리하는 것에 집중하세요.

[Q7]의 답을 작성할 때에는 주의해야 할 점이 있습니다. 온전히 자신의 생각에만 집중해야 합니다. 다른 사람에게 어떻게 보일까 고민하지 마세요. 목적을 찾아가는 여정은 지극히 개인적인 여정입니다. 오로지 자기 내면의 소리에만 귀를 기울이세요.

또한 너무 작은 것을 목적으로 착각하지 않도록 주의하세요. 특정 기간이 지나서 달성할 수 있는 것은 목적이 아니라 목표입니다. 목적은 죽을 때까지 추구할 가치가 있는 것이고, 죽을 때까지 추구해도 100% 달성했다는 객관적 지표를 찾기 힘들만큼 큰 것입니다.

객관적이고 구체적인 문장보다는 추상적인 문장이 될 것입니다. 예를 들면 제 사례로 말씀드렸던 '사람을 살리는 삶을 살겠다'와 같은 것입니다.

[Q7]의 답을 읽어보세요. 어떤 느낌이 드시나요? 그 답이 바로 삶의 목적입니다. 다른 모든 것을 하는 이유에 해당하는 문장입니다.

② 기억장치 만들기

목적을 정리한 문장을 다시 읽어봅시다. 그리고 목적을 다시 떠오르게 할 수 있는 장치를 찾아보세요. 음악, 책, 글귀, 옷, 향초, 사진, 그림 등 무엇이든 좋습니다. 이 장치는 앞으로 지속적인 자극을 줄 거예요. 여기에 몇 가지 조건이 있습니다.

첫째, 여러분의 오감을 통해서 느낄 수 있어야 합니다. 일부러 생각하지 않고 있어도 문득 느낄 수 있어야 합니다.

둘째, 온전히 여러분의 결정권 안에 있어야 합니다. 예를 들어, 동경하는 연예인을 매일 직접 보는 것은 불가능합니다. 결정권 안에 있는 장치를 택한다면 연예인의 사진이나 그가 했던 말을 적은 메모지, 음악 등이 될 수 있습니다.

셋째, 곁에 쉽게 둘 수 있어야 합니다.

이 세 가지 조건을 만족하는 장치를 찾아보세요. 목적은 우리의 삶 속에서 등대 같은 역할을 해야 합니다. 쉽게 잊혀서는 안됩니다. 어두운 밤에 등대가 힘이 되는 것은 계속해서 빛을 내고 있기 때문입니다.

목적이 우리 삶에 계속해서 영향을 주고 있어야 합니다. 그러기 위해서 우리가 목적을 잊고 있는 순간에도 다시 목적을 상기시켜줄 방법이 필요합니다. 운전하다 화가 나는 순간, 누군가와의 관계에서 답답한 순간, 무언가를 결정해야 하는 순간, 스스로 동기를 관리해야 하는 순간 등. 모든 삶의 순간마다 의식하지 않아도 다시 떠올릴 수 있어야 합니다. 그래야 목적에 맞는 삶을 설계할 수 있고, 목적에 맞는 삶을 살 수 있습니다.

장치를 찾았다면 자신이 생활하는 장소에서 장치를 느낄 수 있도록 하세요. 그리고 느껴지는 매 순간 목적을 다시 상기하세요.

제가 활용하는 방식을 알려드릴게요. 저는 음악이 장치 역할을 합니다. 저는 세 곡을 정했습니다. 그리고 그 곡들을 제가 걸어갈 때나 운전하면서 듣습니다.

항상 그 곡만 들으면 지겨울 수 있기 때문에 다른 곡들 사이에 포함했습니다. 시간이 지나며 재생 목록에 있는 다른 곡들은 바뀌지만, 그 곡은 꼭 포함합니다.

무심결에 그 곡이 들리기 시작하면 다시 제 목적을 상기시키며 제 삶의 방향을 재조정합니다. 이 과정을 거의 매일 경험합니다.

목적을 찾는 것은 왜 중요할까요? 진로 및 커리어를 설계하는 데 목적까지 필요할까요? 그렇습니다. 진로와 커리어를 설계하는 데 있어서 목적은 아주 중요한 역할을 하기 때문입니다. 그것을 알기 위해서는 목적, 진로, 직업, 직장 사이의 관계를 알아야 합니다.

③ 목적과 진로, 직업, 직장 사이의 관계 이해하기

이 세 가지는 아주 밀접한 관계에 있습니다. 어떤 면에서는 인과관계에 있다고 볼 수 있을 정도입니다. 그리고 직업이나 직장의 경우 우리의 현실세계에서 진로 설계에 큰 비중을 차지하고 있습니다. 그렇다면 각각 어떤 관계에 있을까요?

목적은 북극성과 같은 역할을 합니다. 항상 우리가 나아가야 하는 방향을 제시해줍니다. 가끔 무언가에 가려져서 안 보일 때도 있지만 항상 그 자리에 있습니다. 우리가 보지 않고 찾지 않는다고 해서 없어지는 것도 아닙니다. 목적은 우리가 방향을 판단할 때 기준이 되어줍니다. 그 목적을 향해서 갈지 말지는 우리가 선택하면 됩니다.

또 다른 특징은 우린 아무리 달려도 북극성에 도달하지 못한다는 겁니다. 목적도 그렇죠. 우리에게 방향성을 제시해 줄 수는 있지만, 죽을 때까지 달성하지 못하는 수준의 무언가입니다. 다시 말해 우리가 평생 추구하며 살 수 있는 무언가인 셈이죠.

목적은 인간의 존재being에 대한 이야기입니다. 이것은 내가 어떤 사람으로 살고 싶은지를 표현합니다. 이 목적에 의해서 과정 목표가 설정됩니다. 이 과정 목표가 바로 진로입니다.

과정 목표는 목적에 더 가까이 가기 위해 거쳐야 할 단계입니다. 그 안에는 직업, 만나야 할 사람, 가야 하는 장소, 모아야 하는 돈이 있을 수 있습니다. 어떤 물건이 있을 수도 있죠. '나아가는 길'을 의미하는 진로는 과정 목표로 이해하는 게 가장 적절합니다.

많은 사람들이 진로를 단순히 직업 목표로 생각합니다. 심지어 취업을 진로로 생각하는 경우도 많습니다. 하지만 그렇게 진로를 설정했을 때 우리의 진로는 우리 삶 전체를 다루지 못합니다. 그 일이 우리의 목적, 존재being와 밀접할 확률은 낮습니다.

진로와 목적이 밀접하지 않은 상태가 지속됐을 때 우린 번아웃Burn out을 경험합니다. 결국 진로를 계획하고 실행하는 것 자체를 기피하게 됩니다. 진로를 설정하는 일이 즐겁지 않고, 소용없는 일로 느껴지기 때문입니다. 만일 진로를 목적으로 다가가는 과정 목표로 이해하고, 과정에 포함된 모든 것을 진로 계획에 포함하면 어떻게 될까요?

앞에서 말했듯 목적은 가치관을 반영해서 만들어졌습니다. 즉, 개인이 스스로 가치 있다고 여기는 요소를 조합해 목적을 만든 거죠.

즉 진로는 우리가 가치 있게 여기는 것을 달성해 나가는 과정이 됩니다. 만일 목적을 탐색하는 과정에서 자신의 가치관을 깊이 있게 탐색했다면 진로를 설정하는 과정은 정말 즐거울 수밖에 없습니다.

만일 여러분이 정말 존경하고, 좋아하는 연예인이나 멘토가 있다고 가정해보세요. 그 사람을 이틀 후에 만나기로 했습니다. 여러분은 그분을 만날 준비를 합니다. 뭘 입을지, 인사는 어떻게 할지, 어떤 대화를 나눌지, 뭘 타고 갈지, 뭘 먹을지 등등 수많은 것들을 고민하고 준비할 것입니다. 이 과정 자체가 즐거울 것입니다.

충분한 가치관 탐색과 자신에게 맞는 목적을 설정하고, 진로를 과정 목표로 이해한다면 진로를 설정하고 실행하는 과정은 이렇게 즐거울 것입니다. 그렇다면 진로와 직장, 진로와 직업은 어떤 관계로 이해하는 것이 좋을까요? 진로를 계획하는 과정 안에 직업과 직장이 자연스럽게 포함됩니다.

직업이란 나의 목적에 가까워지는 삶을 살아가기 위해서 '어떤 것들을 할까?'에 대한 답입니다. 단순히 내가 잘하는 일이나 쉽게 돈을 버는 방법을 선택하는 게 아닙니다.

저는 자신이 잘하는 일을 하며, 그 일로 인정을 받고 있지만 여전히 허전함을 느끼는 분들을 많이 봤습니다. 뭔가 채워지지 않는 것이 있다며 코칭을 받습니다. 그렇게 코칭을 진행하고 자신의 핵심가치와 맞는 목적을 발견하고 나면 대부분 '아하!' 하며 표정이 변합니다.

돈을 잘 버는 직업에 종사하는 분들도 마찬가지입니다. 경제적인 여유는 분명 선택지를 늘려주긴 하지만 그것만으로는 무언가 부족하다고 말합니다. 이와 같은 경험을 통해서 자신의 진로를 설정하는 데 '목적'이 상당히 중요한 조건이라는 것을 알게 됐습니다. 그리고 최근 5년간 다양한 사람들과 코칭을 진행하면서 '목적'이 우리에게 주는 방향성이 얼마나 크게 작용하는지에 확신하게 됐습니다.

그래서 직업을 자신의 목적에 가까워질 수 있는 방법으로 보고 목적에 맞게 설정하시길 추천해 드립니다. 직업을 한 가지만 고를 필요는 없습니다. 여러 가지를 골라도 괜찮습니다. 어떤 것을 먼저 할지 순서를 정해보세요.

이제 직장이 남았습니다. 직장은 자신의 목적에 가까워지는 과정 속에서 설정된 직업을 전제로 생각합니다. 자신의 목적과 직업을 모두 고려했을 때, '가장 적합한 장소는 어디인가?'에 대한 대답이 바로 직장입니다.

오늘날 청년들의 취업 준비를 보면 정말 안타까운 부분이 많습니다. 대부분이 자신의 목적에 맞는 직업과 직장을 고려하지 않습니다. 여러 곳에 지원을 해보고 '나를 받아주는 곳'에 가서 '시키는 일'을 하려고 합니다. 그 외의 다른 선택지가 있다는 것을 믿지 못합니다. 하지만 이것은 우리가 지양해야 하는 생각입니다. 직장이 우리를 선택하듯, 우리 역시 직장을 선택해야 합니다. 이때 직장을 선택하는 기준은 '나의 목적을 달성해 나가는 과정으로서 적합한가?'입니다. 이러한 생각 안에서 자신의 목적을 충분히 고려하고 직장생활을 하게 된다면 우리의 일은 지금보다 훨씬 재밌어질 거예요.

④ 그 외 고려할 것

목적, 직업, 직장 외에도 우리가 진로를 설정하기 위해 고려해야 할 것들이 있습니다. 경험, 학습, 개인적 목표(개인적 호기심)입니다.

Q1. 목적과 부합한 삶을 살기 위해 어떤 경험이 필요한가요?

Q2. 목적에 부합하는 삶에 가까워지기 위해 해야 하는 경험은 무엇인가요?

Q3. 목적에 초점을 맞출 때, 자신이 원하는 모습의 사람이 되기 위해 무엇을 학습해야 하나요?

Q4. 개인적으로 학습하고 싶은 것은 무엇인가요?

Q5. 개인적으로 갖고 싶거나 달성하고 싶은 것은 무엇인가요?

목적에 초점을 맞춰서 산다고 해서 흥미나 개인적 호기심을 무시해서는 안 됩니다. 때로는 개인적인 것을 통해 자신에 대해 새로운 발견을 하기 때문입니다.

경험하고 싶은 일, 가고 싶은 장소, 갖고 싶은 물건, 배우고 싶은 취미 등 다양한 것들을 찾아볼 수 있습니다. 물론 그 모든 것을 라이프 디자인에 포함하지는 않습니다. 다만 개인적인 것을 목록으로 만들다 보면 우선순위를 정할 수 있을 거예요. 때로는 자신의 직관에 따라 더 끌리는 것을 해 보는 것도 필요합니다.

계획 Plan

다음 단계는 바로 계획입니다. 설계라고도 볼 수 있습니다. 앞서 우리가 찾아봤던 목적과 그에 맞는 직업, 직장, 해보고 싶은 일, 갖고 싶은 물건, 배우고 싶은 것 등을 설계할 거예요.

Q1. 자신이 고른 직업들을 먼저 도전하고 싶은 것부터 순서대로 나열해보세요. 이때 자신의 강점을 함께 고려하면 직업을 고르는 데 도움이 될 수 있습니다.

Q2. [Q1]의 응답 중 첫 번째 직업에 집중하세요. 그 직업을 수행할 가장 적합한 곳은 어디인가요? (때로는 창업이 적절한 답이 되기도 합니다.)

Q3. [Q2]의 직장에서 원하는 사람이 되기 위해 무엇을 학습하고 경험해야 하나요? 그중 가장 먼저 할 수 있는 것을 적어보세요.

Q4. 개인적으로 해보고 싶은 것과 갖고 싶은 물건은 무엇인가요? 그중 가장 먼저 도전할 수 있는 것을 적어보세요.

Q5. [Q3]과 [Q4]의 답을 다시 보세요. 각각의 일을 언제 시작할 것인가요? 어떤 도움이 필요한가요? 언제까지 끝낼 건가요?

Q6. 장애물은 무엇이고 극복할 방법은 무엇인가요?

여러분이 코칭할 때 위의 6단계로 진행되는 질문의 흐름을 염두에 두면 좋습니다. 각자가 배웠던 코칭 대화 모델에 따라서 구체적인 실행 계획과 점검 계획을 세워주세요.

이때 주의할 점은 휴식에 대한 계획도 함께 해야 한다는 것입니다. 특히 주 단위나 일 단위 계획을 세울 때 휴식 계획은 매우 중요합니다. 우리가 지속성을 갖기 위해서는 적절한 휴식이 필요하기 때문입니다.

계획 단계는 우리가 고객과 함께 코칭을 진행하는 모든 세션이라고 생각하셔도 무방합니다.

실천Do

계획의 다음 단계는 실천입니다. 이 단계는 사실 코치가 함께 하는 단계는 아닙니다. 그럼에도 제가 모델에 넣어둔 것은 고객에게 꼭 설명해야 하는 영역이기 때문입니다.

동기를 잘 유지하기 위해서는 적절한 피드백이 매우 중요합니다. 쉽게 말해서 행동에 대한 결과가 보일 때 우리는 더 잘 할 수 있다는 것입니다.

하지만 피드백은 결과이기 때문에 반드시 과정이 필요합니다. 즉 실천이 있어야 피드백도 있다는 것이죠. 많은 경우에 사람들은 실천해보지도 않고 어떤 결과가 나올지부터 알고자 합니다. 과거에는 '하면 된다'라는 말이 인기를 끌었지만 지금은 '되면 한다'라는 말이 더 대중적이라는 사실을 보면 알 수 있습니다. 하지만 결과가 나올 것이 분명하거나, 자기가 잘 할 수 있는 것만 골라서 하겠다는 태도는 우리의 도전과 성장을 막아버립니다.

기본적으로 도전과 성장은 우리가 가보지 않은 길을 가는 것과 같습니다. 가보지 않았기 때문에 정보가 충분치 않고, 앞일을 예측하기 어렵습니다. 특히나 요즘처럼 빠르게 변화하는 시대에는 더욱 그렇습니다.

이러한 특성 때문에 많은 사람들이 계획은 하지만 실천은 하지 않는 일이 벌어집니다. 실천이 없다면 아무런 피드백도 없을 것이고, 행복감을 느낄 수도 없고, 자기효능감 역시 떨어지는 결과를 얻게 됩니다. 이런 악순환은 계획을 세우지 않고 흐르는 대로 살게 합니다. 하지만 코치는 이러한 사실을 고객에게 일깨워주고 반드시 고객으로부터 실행을 이끌어 내야 합니다. 아무리 좋은 영감을 주었다 하더라도 실행이 빠져있다면 결국 고객의 삶은 바뀌지 않습니다.

적어도 코치와 함께하는 라이프 디자인은 단순히 디자인을 하는 것에서 끝나면 안 됩니다. 디자인 이후 실천을 이끌어내서 고객의 삶을 바꿔주는 것이 제가 말씀드리는 라이프 디자인의 목표입니다.

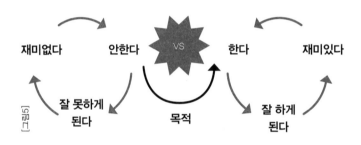

위 그림은 실천하는 것과 하지 않는 것의 관계를 이해하기 쉽게 그린 것입니다. 우리는 매 순간 실천을 할지 말지 고민합니다. 이때 실천하지 않는 방향을 먼저 보겠습니다.

왼쪽 원의 '안 한다'에서 시작합니다. 무언가를 하지 않게 되면 결국 그것을 잘 못하게 될 것입니다. 하지도 않고 잘하게 된다면 거짓말이겠지요. 대부분은 자신이 못하는 일에서 재미를 느끼지 못합니다. 결국 흥미가 떨어지고 나면 우리는 다음에도 그 일을 하지 않을 확률이 높아집니다. 계속 그 상태로 순환의 고리를 돌다 보면 결국 수동적인 삶의 태도로 살아가게 됩니다.

이번엔 오른쪽 원을 보겠습니다. '한다'에서 시작해 보겠습니다. 무언가를 계획하고 실천을 하게 된다면 결국 잘하게 될 것입니다. 비록 세계 최고는 아닐지라도 과거의 자신보다는 더 잘하게 될 거예요. 이렇게 얻은 좋은 결과가 자신의 흥미와 동기를 높여주게 될 것이고, 다음에도 또 실천할 확률을 높여줍니다. 이 순환이 계속된다면 고객은 삶의 변화를 경험하게 될 것이고, 자기효능감이 높아지고, 적극적인 태도로 삶을 살게 될 것입니다. 그렇다면 '한다'와 '안 한다' 결정은 무엇으로 이루어질까요? 저는 그 사이에는 목적이 있다고 생각합니다. 해야 하는 명확한 이유가 필요하다는 것이지요. 물론 이유가 있다고 해서 항상 행동으로 옮기는 건 아닙니다. 하지만 변화와 성장의 필요성을 느끼고 코칭을 받으러 온 고객이라면 변화의 시작은 목적이 될 것입니다. 실행에 옮기는 데 필요한 다른 요소에 대한 점검은 일반적으로 코칭 상황에서 자연스럽게 이뤄질 겁니다.

하지만 우리 삶에서 실천하지 않았던 무언가를 실천하기란 쉽지 않은 일입니다. 저는 그런 상태를 늪지대를 지나가는 것으로 비유합니다. 우리가 꿈을 좇아 삶의 변화를 만드려는 노력은 안개가 자욱하게 끼어서 1미터 앞 정도밖에 보이지 않는 늪지를 지나가는 일과 같아요. 많은 사람이 착각합니다. 방향과 목적지, 경로가 완벽하게 결정되면 움직일 수 있다고 말이죠. 하지만 우리는 우리 앞을 볼 수 없습니다. 고작해서 1미터 정도 볼 수 있을까요. 어딘가를 더 자세히 보고 싶다면 그 방향으로 한 걸음 떼어 보세요. 우리가 정한 방향(목적)이 맞는지 확인하는 가장 쉬운 방법은 그 방향으로 움직여 보는 것(실행)입니다.

우리가 어느 방향으로 움직이든 항상 작용하는 힘이 있습니다. 바로 우리를 방해하는 힘이죠. 물이 허리 높이까지 잠기는 수영장에서 걸어본 경험이 있을 겁니다. 물이 우리를 방해해서 평지에서 걷는 것보다 어렵습니다. 늪지에서도 그렇습니다. 어느 방향으로 가는지, 맞는 방향으로 가는지와 무관하게 우리가 설정한 방향으로 움직이는 일은 어렵습니다. 늪이 우리의 움직임을 방해하죠. 심지어 늪 아래에 무엇이 있는지조차 보이지 않습니다. 우리가 움직이려 할 때 우리를 방해하는 힘은 항상 존재합니다.

우리의 목적이나 꿈을 명확하게 하고 그 방향으로 움직일 때 모든 것이 잘 풀리고 온 우주가 도와줄 거라는 환상은 버려야 합니다. 방해하는 힘은 분명히 존재합니다. 그 힘이 크게 느껴질지 작게 느껴질지는 주관적인 판단에 달려있습니다.

우리는 그 방해하는 힘 때문에 무너질 필요가 없습니다. 방해하는 힘이 있다고 불평하기보다, 어떻게 해야 그 힘을 극복할 수 있을지 전략적인 사고를 하는 편이 훨씬 유익합니다. 마치 코칭에서 원인을 파악하기보다 해결책에 집중하는 것과 같은 맥락이죠.

늪지 비유에서 배울 수 있는 또 하나의 교훈이 있습니다. '바로 움직여야 한다'는 것입니다. 늪지에 빠진 채로 가만히 있다면 우리 몸은 점점 아래로 빠져들 것입니다. 그 시간이 길어질수록 우린 더 깊이 빠져듭니다. 깊이 빠질수록 첫걸음을 떼는 건 더욱 힘들어집니다. 우리의 실행도 마찬가지입니다. 그동안 멈춰있던 기간이 길수록, 더 깊이 빠져있을수록 첫발을 떼는 일은 어렵습니다. 따라서 우리는 코칭을 할 때 그 첫발을 아주 조심스럽게 설계할 필요가 있습니다. 우리의 생각보다 훨씬 어려울 수 있습니다. 그 어려움의 크기에 압도되어 다음 단계를 포기하실 수도 있습니다. 따라서 우리는 실행 계획을 신중하게 세워야 합니다.

저는 필요한 경우 늪지 비유를 이용하여 고객에게 실천의 중요성에 대해 이야기합니다. 실천은 고객의 삶을 바꾸는 데 가장 중요한 단계입니다. 이 단계의 중요성을 고객도 인지할 수 있도록 코치만의 설명 방법을 만들어 두면 많은 도움이 될 거예요.

숙고 Reflect

다음 단계는 숙고입니다. 이 과정은 코칭 세션에서도 일어나고, 세션과 세션 사이에서도 일어납니다. 이 과정에서 코치와 고객은 여러 가지를 점검할 수 있습니다.

Q1. 그 일을 했을 때 / 하지 못했을 때 어떤 생각이 들었나요?

Q2. 과정은 얼마나 만족스러운가요?

Q3. 결과는 얼마나 만족스러웠나요?

Q4. 어떤 요소 때문에 [Q3]과 같은 결과가 나왔나요?

Q5. 그 과정에서 자신에 대해 알게 된 것은 무엇인가요?

Q6. 그 일은 실제로 당신의 핵심가치, 목적과 연관이 있었나요?

Q7. 계획은 당신의 현실을 충분히 반영했나요?

Q8. 그 일은 당신의 학습과 성장에 얼마나 도움이 되었나요?

Q9. 만약 계획을 수정해야 한다면 어떤 부분에 수정이 필요한가요?

Q10. 만약 목표를 수정해야 한다면 무엇이 적합하리라 생각하나요? 그 이유는 무엇인가요?

위의 열 가지 질문을 활용해 볼 수 있습니다. 이 질문에 대한 답은 코칭 시간에 내어도 좋습니다. 이런 질문을 세션과 세션 사이에서 고객이 스스로 할 수 있도록 도와드리길 추천합니다.

우리가 무엇을 수행할 때에는 항상 점검이 필요합니다. 과연 이 일이 원래 나의 목적에 맞고, 도움이 되는지 말이죠. 이러한 숙고의 과정은 하루 중에도 여러 번 일어날 수 있어야 합니다. 코치가 항상 곁에 있을 수 없기 때문에 이런 숙고를 고객 스스로 하도록 독려해야 합니다.

만약 이 과정에서 목표의 수정이 필요하다면 다시 계획 단계로 돌아갈 수 있어요. 때로는 자신의 핵심가치가 바뀌고, 목적까지도 바뀔 수 있습니다. 그렇기 때문에 숙고의 단계는 실천 단계와 더불어 가장 중요한 단계라고 볼 수 있습니다.

다음 단계는 지속입니다. 이 단계는 단순합니다. 앞에서 이뤄졌던 일을 지속하는 것입니다. 실천했던 일이 자신의 목적, 성장, 발전에 적합하다고 판단될 때 지속 단계로 넘어옵니다. 지속 단계에서는 다음 사항을 점검해야 합니다.

Q1. 지속하기 위해 무엇이 필요한가요?

Q2. 지속하기 위해 누가 어떤 방식으로 점검하는 것이 가장 효과적인가요?

Q3. 지속했을 때 당신의 삶은 어떻게 변하나요?

Q4. 지속하기 위한 당신의 재충전 방법은 무엇인가요?

Q5. 이것은 당신의 삶을 어떻게 바꿔줄까요?

한 가지 주의할 점은 이 단계에서도 우리는 계속 숙고를 해야 한다는 것입니다. 또한 언제든 다시 계획 단계로 돌아갈 수도 있습니다.

PDRC 모델은 각 단계가 유기적으로 상호작용한다는 점이 핵심입니다. 특히 실천 단계는 다른 단계에 큰 영향을 주기 때문에 모델의 중앙에 위치합니다.

4. 현재를 살아가기

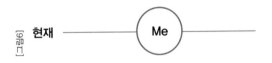

제가 생각하는 라이프 디자인의 마지막 단계는 현재를 사는 것입니다. 실천 단계에서 말씀드린 것처럼 우리가 무언가를 디자인하거나, 계획하거나, 영감을 얻거나, 배우는 것은 모두 현재의 자신에게 긍정적 영향을 주어야 합니다. 그리고 방향이 목적과 핵심가치에 맞춰져야 합니다.

사람들이 무기력해지고, 무언가 변화의 필요성을 느끼는 경우를 지켜보면 공통점이 있습니다. 자신의 목적과 핵심가치가 나의 현실에서 충분히 느껴지지 않는다는 거죠. 그럴 때 사람들은 회의감이 들거나, 슬럼프에 빠지거나, 자괴감이 들기도 합니다. 그렇기 때문에 무언가를 알아가고 설계하는 것만큼 그렇게 살아가는 것도 중요합니다.

코치는 결국 고객이 지금, 여기에 집중할 수 있도록 도와야 합니다. 과거에만 치중하는 사람은 고지식한 사람이 되거나 정체되기 쉽습니다. 미래에만 치중된 사람은 몽상가가 되기 쉽습니다. 우리는 고객이 다시 지금, 여기에 집중하도록 도와야 합니다. 그래서 다음과 같은 질문을 할 수 있습니다.

- 지금은 어떻게 느끼세요?
- 지금은 어떻게 생각하세요?
- 지금은 어떻게 하고 싶으세요?
- 지금 결단한다면 어떻게 하시겠어요?

많은 경우에 고객은 자신의 과거 경험 때문에 지금 자신이 새로운 것을 결정할 수 없다고 말합니다. 과거가 만든 지금을 바꿀 수 없다고 말하는 거죠. '해 봤는데 안 됐어요', '그때 ~해서 안 됐어요', '결국 ~될 거예요'처럼 현재의 선택권을 보지 못하는 응답을 자주 들었어요. 마치 자극에 의해 어떤 반응이 정해져 있는 것처럼 상황을 바라봅니다.

이런 상황의 해결책은 '결단'이라고 생각합니다. 이 결단은 현재의 자신이 하는 것입니다. 그리고 이 결단이 다시 미래의 나를 만들 거예요.

결단의 방향은 자기실현, 목적, 핵심가치와 일치해야 합니다. 이러한 결단은 자신의 행복감과 연결됩니다.

어쩌면 이 부분이 제가 이 모델을 만든 핵심 아이디어라고 생각해요. '어떻게 해야 고객이 더 행복해질 수 있을까?'라는 질문을 스스로에게 끊임없이 던졌습니다. 제가 내린 결론은 '현실의 삶이 자신의 핵심가치를 잘 반영하고 있다면 행복할 것이다'였습니다. 매일의 삶이 뿌듯할 것이고, 성장하고 있다고 느낄 겁니다. 그래서 저는 매 순간 고객이 자신의 핵심가치, 목적, 행복에 방향을 맞춰서 결단하는 용기를 낼 수 있도록 격려하고 싶습니다. 이제, 여러분께 고객의 변화를 만드는 ABCDE 지도를 소개해보겠습니다.

12장 고객의 변화를 만드는 ABCDE 코칭 지도

이 모델은 제가 코칭을 하면서 코칭의 깊이를 가늠할 때 사용하는 지도입니다. 저는 고객의 행동에만 초점을 맞추기보다 고객의 정체성까지 다루는 코칭이 깊이 있는 코칭이라고 말합니다. 동시에 감정과 같이 다루기 어려운 주제로 코칭을 할 때 이 모델을 떠올리기도 합니다. 목적은 결국 고객의 변화와 성장입니다.

고객의 변화와 성장을 돕는 다섯 가지 요소, 즉 정체성, 믿음, 능력, 행동, 환경을 깊이와 영향력의 측면에서 한눈에 이해하기 쉽도록 표현해보았습니다. 각각의 요소들이 가지는 의미도 중요하지만, 이것이 합쳐져서 어떻게 고객의 성장을 이끌어내는지 살펴보도록 하겠습니다.

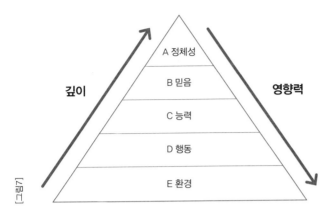

[그림7]

깊이

영향력

| A 정체성 |
| B 믿음 |
| C 능력 |
| D 행동 |
| E 환경 |

고객의 성장을 돕는 다섯 가지 비밀

1. 환경 Environment

가장 기본적이고 쉬운 방법입니다. 고객의 물리적, 인적, 사회적 환경에 집중하는 것입니다. 책상을 정리한다거나, 장소를 옮긴다거나, 잠시 떨어져 있다거나, 다른 사람과 대화를 한다거나, 새로운 커뮤니티에 들어간다거나 다양한 방법으로 변화를 시도할 수 있습니다.

특히 코치가 고객에게 새로운 환경이 되어주고 있는지 점검해야 합니다.

다른 영역의 변화에 비해서 상대적으로 에너지가 덜 필요하므로 코칭 프로세스에서 상당히 쉽게 다룰 수 있습니다.

현실을 인식하는 단계나 대안을 찾는 단계에서도 다양하게 응용 가능합니다. 또한 코치는 고객이 처한 물리적, 사회적, 인적 환경을 경청할 수 있습니다. 고객도 생각하기 쉬운 방법이기 때문에 전체 지도에서 가장 아래에 있습니다. 가장 쉽게 다룰 수 있다는 장점이 있지만 영향력의 크기나 지속성은 다소 약한 편입니다.

2. 행동 Doing

다음 단계는 행동입니다. 환경의 변화에 비해서 행동의 변화는 더 다양한 요소를 고려해야 합니다. 어떻게 하면 고객이 행동하기 쉬울지 고민해야 합니다. 저는 고객이 소화 가능한 가장 작은 단위의 계단을 만들어 보라고 추천합니다.

변화와 성장을 위한 행동이라면 고객은 자칫 너무 큰 것만 떠올릴 수 있습니다. 특히 코치와 대화를 하고 나서 큰 꿈이나 목표, 사명을 생각하게 된 고객이라면 그것을 달성하기

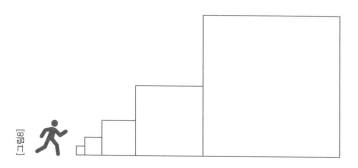

[그림8]

위해서 거창한 일을 해야 한다고 생각하기 쉽습니다. 그런 경우 우리는 고객이 첫 번째 계단을 소화할 수 있을 때까지 구체적인 질문을 해야 합니다. 크고 높은 계단을 오르는 것은 고객의 성공 경험이 충분히 누적된 후에 해도 늦지 않습니다.

코칭의 세션 목표나 실행 계획을 합의하는 과정에서 우리는 고객의 행동에 집중하게 됩니다. 코칭 과정에서 고객과 더 자주 대화하면서 환경의 변화뿐만 아니라, 행동의 변화까지 읽어내야 하기 때문입니다. 행동의 변화는 환경의 변화보다 좀 더 지속성을 갖고 고객의 자존감에 영향을 줍니다.

3. 능력 Capability

세 번째 단계는 능력의 변화입니다. 행동의 변화보다 더 많은 지속성과 에너지가 필요합니다. 더 긴 코칭 세션이 필요합니다. 이런 능력은 습관으로 나타나기도 합니다.

행동이 지속되어 능력이 되기도 하고, 특정 능력을 키우기 위해 다른 기관의 교육을 들어야 할 때도 있습니다. 때로는 그런 정보를 찾는 것이 코칭의 실행 계획이 되기도 합니다.

분명한 것은 능력의 변화는 행동의 변화보다 훨씬 지속적으로 고객의 삶을 변화시킨다는 점입니다.

4. 믿음 Belief

네 번째 단계는 믿음의 단계입니다. 고객이 가지고 있는 믿음, 신념, 패러다임 등이 여기에 포함됩니다. 여기서 말하는 믿음은 신앙적인 믿음과는 다릅니다. 믿음은 때로 견고한 성 같아서 변화시키기 매우 어렵습니다. 오랜 기간 특정 경험을 반복적으로 해온 고객일수록 더욱 그렇습니다. 환경·행동·능력의 변화에 비해 시간도 오래 걸리고 코치 입장에서도 쉬운 일이 아닙니다. 이런 믿음의 변화는 세션마다 일어날 수도 있고 안 일어날 수도 있습니다. 또한 고객이 원할 때도 있고 그렇지 않을 때도 있습니다.

새로운 환경에 들어가고, 행동을 하고, 능력을 기르거나, 실행 계획을 수행하면서 믿음이 변화하기도 합니다. 믿음의 변화가 시작되기까지는 시간이 걸릴지도 모르지만 일단 시작되면 비교적 빠른 시간 안에 변화가 이뤄집니다. 그래서 믿음의 변화는 환경·행동·능력에 비해 더 큰 영향력을 갖습니다.

5. 정체성 Identity

다섯 번째 단계가 정체성입니다. 저는 고객이 자신을 정의하는 방식으로 정체성을 설명하는 게 가장 편한 것 같아요. 정체성 단계와 믿음 단계의 차이점은 정체성은 고객의 입장에서 자신에 대해 포커스를 맞춘다는 지점입니다.

정체성은 고객이 오랜 기간에 걸쳐 형성해온 것이기 때문에 정체성이 변하려면 가장 많은 시간과 에너지가 필요합니다. 더 오래 코칭을 지속해야 할 수도 있습니다. 믿음의 변화처럼 코칭 세션 안에서 일어날 때도 있고 그렇지 않을 때도 있습니다.

하지만 정체성의 변화를 돕는 코칭은 분명 매력적입니다. 고객이 자신을 정의하는 방식이 바뀔 때 느껴지는 표정과 눈빛, 목소리의 변화는 정말 드라마틱합니다. 방식이 바뀌지 않아도 됩니다. 자신이 잊고 있던 것을 다시 떠올리게 되는 것만으로도 정체성의 변화는 놀라워요. 나머지 네 단계에 비해 코칭의 깊이가 가장 깊어야 하고 어렵기도 합니다. 하지만 가장 큰 영향력을 갖고 있고, 다른 단계에도 지대한 영향을 미치는 영역이죠.

어떻게 활용할까?

저는 이 다섯 단계를 머릿속에 지도처럼 가지고 있어요. 코칭을 하는 매 순간 고객은 지금 어디에 집중하고 있는지, 또제가 어디에 초점을 맞춰서 질문을 해야 고객의 변화를 가장 잘 이끌어 낼 수 있는지 고민합니다.

다섯 단계가 위계처럼 오해되는 것을 막기 위해 지도라고 표현했습니다. 이 지도로 변화와 코칭의 깊이를 가늠할 수 있지만 그렇다고 이 안에 어떤 위계질서가 있는 건 아닙니다. 변화에 있어서 필요한 시간과 에너지가 다를 뿐입니다. 이들은 지도 안에서 서로 유기적으로 상호작용하고 있습니다. 즉 코치가 다섯 가지 변화를 균형 있게 다룰 수 있을 때 이 지도는 제힘을 발휘합니다.

결론적으로 앞서 살펴보았던 PDRC 모델의 과거 부분과 ABCDE 지도를 합쳐서 생각하면, 코치는 고객의 존재being를 깊이 이해할 수 있습니다.

가치, 강점, 규칙성, 흥미, 정체성, 믿음, 능력, 행동, 환경에 고객의 감정까지 읽어낸다면, 우리는 고객에게 어떻게 경청하고 반응하고 질문해야 할지 알게 되기 때문입니다.

고객의 이야기를 어떻게 이해하고 어떻게 반응해서 제대로 된 질문으로 돌려줄지 고민될 때, 고객의 변화와 성장을 위해 어떤 질문을 해야 할지 고민될 때 PDRC 모델과 AB-CDE 지도를 활용해보시길 추천합니다.

13장 상황별로 적절한
휴먼서비스 활용법

앞서 코치의 성장 단계에서 코칭 만능주의를 조심해야 한다고 이야기했습니다. 그러면 반드시 뒤따르는 질문이 있습니다.

"다른 영역과 어떻게 융합해야 하나요?"

이 질문에 답을 내기 위해 오랫동안 고민하고 공부해왔습니다. 사범대에서 공부하며 교육에 대해 고민했고, 코칭을 하며 고객 안에 있는 것을 스스로 발견하게끔 고민했습니다. 대학원에서 상담과 임상심리에 대해 공부를 하다가 제 나름의 결론을 내렸습니다. 이 결론은 하나의 제안이며 항상 맞아떨어진다고 장담 드릴 수 없습니다.

처음에는 저도 고객을 분류하는 기준을 나누는 것이 어떤 의미가 있는지 고민했고, 오히려 나누는 게 이상하다고도 느꼈습니다. 하지만 다른 코치님을 도와드리는 과정에서 많은 분이 이 기준을 궁금해하신다는 걸 알았습니다.

제가 제안드릴 내용은 우리가 코칭을 진행하기 전에 '내가 도울 수 있는 고객인가?', '지금 이 고객을 어떤 방식으로 도와야 할까?'라는 고민에 대해서도 도움이 되리라 믿습니다.

1. 휴먼서비스 표 활용하기

감정 이슈	맞다				아니다			
중요성	높다		아니다		높다		아니다	
긴급성	긴급	여유	긴급	여유	긴급	여유	긴급	여유
스스로 해결의지 있음	1.상담 2.코칭	1.상담 2.코칭	1.티칭 2.상담	1.코칭 2.상담	1.티칭 2.컨설팅 3.코칭	1.코칭 2.티칭	1.코칭 2.티칭 3.컨설팅	1.코칭 2.티칭
스스로 해결의지 없음	1.상담 2.멘토링	1.상담 2.멘토링	1.멘토링 2.상담	1.멘토링	1.컨설팅 2.지시 3.관리	1.멘토링 2.티칭	1.컨설팅 2.티칭	1.멘토링 2.티칭

[표3]

사람을 돕고자 하는 목표로 만들어진 기술은 고객에게 도움이 되어야 합니다. 그래서 교육(가르치기), 상담, 컨설팅, 코칭, 멘토링을 '휴먼서비스'라는 이름으로 묶었습니다. 그리고 거기에 직장의 상황을 가정해서 지시와 관리를 추가했습니다. 저는 크게 두 가지 기준을 세웠습니다. 고객의 이슈와 고객이 원하는 진행 방법을 축으로 고객의 상황과 상태를 살펴보는 표입니다.

고객의 이슈에 대해서 다시 세분화했습니다. 감정에 대한 이슈인지, 중요한 문제인지, 긴급한 문제인지 세 가지로 나눴습니다. 그리고 고객이 이 문제를 스스로 해결해보고 싶은지와 그렇지 않고 전문가의 도움을 원하는 지로 나눴습니다.

이렇게 하니 총 16가지 경우의 수가 나왔습니다. 각각의 서비스 앞에 있는 숫자는 비중을 의미합니다. 때로 상황에 따라 순서나 우선순위로 적용되기도 합니다. 이는 코치와 고객의 상황에 따라 모두 다르게 적용될 것이기 때문에 코치님의 직관으로 진행하시면 됩니다.

2. 융합하기

16가지 경우의 수 중에 코칭이 들어간 경우가 있는데요. 이 경우에 한 가지를 더 제안하고자 합니다. 바로 '융합의 방법'입니다. 우리가 고객에게 코칭 서비스를 제공하기로 계약했다고 가정하겠습니다. 이 경우 우리는 코칭을 제공하는 것이 직업윤리에 맞는 선택이 될 거예요. 고객 역시 세션이 종료된 후 '내가 코칭을 받았다'는 느낌을 가질 수 있을 것입니다. 그렇다면 어떻게 융합해야 그 느낌을 계속 유지할 수 있을까요? 어떻게 해야 전체 세션이 다른 영역으로 넘어가지 않으면서 고객의 필요에 맞춰진 코칭 서비스를 제공할 수 있을까요? 저의 제안은 다음과 같습니다.

여러 코치님은 각자 경력과 능력에 따라 코칭이 아닌 다른 분야에도 강점이 있으실 것입니다. 앞서 보여드린 표처럼 고객의 상황이나 이슈에 따라서 다른 영역이 필요해지기도 합니다.

코칭과 다른 영역을 융합해서 사용할 때 위 그림처럼 해보시길 제안 드립니다. 그림에서 아래에 있는 코칭이라는 사각형은 우리가 고객을 대하는 태도를 의미합니다. 여기엔 코칭의 철학도 포함되어 있습니다. 다른 서비스를 융합해서 사용할 수는 있으나 고객을 보는 시각은 가급적 코치의 시각을 유지하자는 의미입니다.

그 시각 위에서 다른 영역의 기술을 융합하실 수 있습니다. 이때 코치님마다 전환의 적용 과정은 다릅니다. 명확하게 구분해서 '지금부터는 상담입니다'라고 구분하시기도 하고, 그냥 자연스럽게 섞어서 진행하시기도 합니다. 코치의 태도와 시각을 잘 유지할 수 있는 경우에는 자연스럽게 섞어서 진행하고, 그렇게 하기 어려운 경우에는 구분하기를 권해드려요.

융합해서 사용하시는 경우 융합의 비율은 위에서 보여드린 표를 참고하시면 됩니다. 하지만 코칭 역량이 성장함에 따라 점진적으로 코칭의 비중을 늘리시길 권해드립니다. 저는 코칭과 다른 기술의 비율이 6:4를 넘지 않는 것이 좋다고 생각해요. 하지만 이 비율 역시 상황과 고객에 따라 여러분의 직관을 믿으시는 게 좋습니다.

14장 첫 고객, 첫 세션

여러분은 아마도 이미 개인적인 경로와 공식적인 자리를 통해 여러 가지 코칭 교육을 들으셨을 겁니다. 책도 읽으셨겠죠. 대부분의 코치님은 상당히 학구적인 편이라서 독서, 모임, 교육 수강에 열심이십니다. 이미 충분한 정보를 갖고 계시죠.

그러나 초보 코치가 가장 두려워하는 것 중 하나가 바로 고객과의 첫 세션입니다. 만나서 뭘 해야 하는지 질문을 많이 하십니다. 이번 장에서는 처음 만나는 고객과 첫 세션에서 무엇을 해야 하는지 말씀드릴게요.

1. 고객과 파트너십 구축하기

코칭을 표현할 때 '파트너십'이라는 단어가 자주 등장합니다. 특히 한국코치협회에서는 '수평적 파트너십'이라는 표현을 사용합니다. 그만큼 파트너십 관계를 구축하는 것이 중요하다고 할 수 있죠. 우리는 고객을 밀거나 끌고 가는 사람도 아니고, 먼저 가본 길을 알려주는 사람도 아닙니다. 그저 고객과 함께 공동 목표를 향해서 나아가는 사람입니다.

우리가 첫 고객과 파트너십 관계를 구축하기 위해서 가장 먼저 해야 할 일은 신뢰를 구축하는 것입니다. 특히 고객이 수동적인 태도를 취하거나 고객의 저항이 느껴질 때 신뢰는 더욱 중요해집니다. 이때 우리가 해야 할 일은 아래와 같습니다.

- 코칭이 변화와 성장의 경험이 될 거라고 설명하기
- 코칭이 무엇인지 설명하기
- 코칭과 다른 영역의 차이 설명하기
- 제공할 것과 제공할 수 없는 것 설명하기
- 고객을 돕고자 하는 코치의 마음을 표현하기

이와 같은 요소들은 고객으로 하여금 코치의 전문성을 느끼게 도와주고, 코치를 신뢰할 수 있도록 도와줍니다.

2. 서로의 전제 확인하기

전제는 패러다임이나 이전 경험, 가정, 기대가 포함되어있습니다. 그리고 대부분의 고객은 코칭에 대해 잘 알지 못합니다. 그렇기 때문에 우리는 첫 시간에 코칭과 코치에 대한 서로의 전제를 확인할 필요가 있습니다. 확인 없이 코칭을 진행하게 되면 고객과 코치 모두가 세션에 대해 실망하는 경우가 생길 수 있어요. 이 과정에서는 고객의 말을 경청하고, 하고 싶은 말을 명확하게 정리해 주는 것이 필요합니다. 어쩌면 우리의 경청 기술을 고객에게 보여줄 수 있는 첫 기회이기도 합니다. 아래에 코치가 고객에게 나눠야 할 몇 가지 가정을 정리해 보았습니다.

- 코치와 고객의 관계는 수평적이고 협력적인 파트너십 관계이다.
- 충고, 훈계, 치료보다는 수평적인 대화가 주를 이룬다.
- 코칭은 고객이 목표를 성취하도록 돕는 데 초점을 맞춘다.
- 약점과 장애물에 대해 논의할 수도 있지만, 가능한 고객의 강점 극대화나 긍정적인 변화에 초점을 맞춘다.
- 모든 사람은 온전하고, 충분한 자원을 가지고 있으며, 그 자원을 이용해 변화할 만큼 충분히 창의적이다.
- 변화란 항상 일어나는 일이며, 우리는 매 순간 선택을 통

해 변화를 주도할 수 있다.

- 코치는 대신 뛰어주는 사람이 아니라 곁에서 페이스를 맞춰주는 페이스메이커이다.
- 코치와 고객은 각자의 판단에 의해 서로 언제든 코칭 종료를 선언할 수 있다.

위에서 이야기한 가정들은 일반적인 내용입니다. 자유롭게 내용을 추가하시고, 고객과 나누며 파트너십 관계를 만들어가시길 바랍니다.

3. 합의하기

코칭의 전체 과정은 항상 합의를 전제합니다. 특히나 첫 세션에서 우리는 많은 것을 고객과 합의해야 합니다. 일반적으로 첫 세션에서 합의해야 하는 최소한의 목록은 다음과 같습니다.

- 비용
- 시간
- 장소
- 방법
- 시작 일시

- 횟수
- 비밀유지

특히 비밀유지에 대한 부분은 조금 더 섬세하게 설정할 필요가 있습니다. 서포터가 있는 경우(고객이 아닌 다른 사람이 비용을 대신 결제하는 경우)가 그런 경우인데요. 고객과 서포터 사이에서 공유할 내용과 그렇지 않을 내용에 대해서 정확한 합의점을 맞춰갈 필요가 있습니다. 예를 들어 어떤 검사를 했을 때 비용을 지불하는 서포터는 검사 결과를 궁금해할 수 있습니다. 고객과 코치, 서포터 모두가 만족하는 코칭이 지속되려면 검사 결과를 서포터에게 공유할 것인지 하지 않을 것인지 사전에 합의를 해야 합니다. 서포터에게 너무 많은 정보가 공유되는 경우도 코칭에 걸림돌이 되기 때문에 섬세한 조율이 필요합니다. 저는 정말 최소한의 정보만 서포터에게 공유하는 방향으로 사전에 조율을 하고 계약을 합니다. 상황에 맞춰서 적절하게 조율하시길 바랍니다.

15장 라이프 코치의 삶,
준비되셨습니까?

저는 많은 코치가 제게 했던 질문을 바탕으로 책을 구성했습니다. 책 집필을 마무리할 무렵, '과연 이 내용으로 충분할까?'하는 의문이 들었습니다. 대답은 '그렇지 않다'입니다.

이 책의 내용만으로 코치의 삶은 완성되지 않습니다. 왜냐하면 고객이 있어야 코치가 있기 때문입니다. 결국 코치는 고객을 만나야 합니다. 그래야 코치로서 의미가 생깁니다.

코칭과 마케팅

의미 있는 코칭을 하기 위해서 우리는 마케팅에 대해 이야기해야만 합니다. 그러나 아쉽게도 저는 마케팅 전문가가 아닙니다. 그리고 저의 경험과 마케터님들의 이야기에 따르면 마케팅에는 정답이 없습니다. 만병통치약이나 만능 칼처럼 모든 분에게 효과가 있는 마케팅 방법이 있다면 저도 너무 알고 싶습니다. 하지만, 정답은 아님에도 불구하고 권장해 드리는 것은 있습니다. 그것은 바로 '당장 해보라'는 것입니다.

자신이 어떤 고객과 잘 맞는지, 자신에게 어떤 방법이 적절한지, 예산은 어느 정도로 설정할지, 어떤 플랫폼을 이용할지 등 마케팅을 위해 고민할 내용은 많습니다.

그러나 고민의 답은 항상 여러분 안에 있습니다. 스스로 부딪혀보기 전에 그 답을 아는 방법은 없습니다. 저는 진정성을 보여주는 것이 저의 성향과 가장 잘 맞는다고 판단했고, 모든 고객을 완전히 만족시키는 것에 집중합니다. 물론 유능한 컨설턴트를 찾아가 진단을 받고 고액의 비용을 지급하는 것도 방법입니다. 하지만 이 책은 초보 코치들을 위해 쓰였다는 점을 고려한다면 처음부터 마케팅 비용을 많이 지불하지 않기를 추천드려요.

처음부터 마케팅에 너무 많은 지출이 생기면 다른 부분이 위태로워질 수 있습니다. 차라리 무료이거나 큰 비용이 들지 않는 방법을 먼저 찾아서 실행해보는 것이 좋습니다. 컨설팅을 받는다고 해도 미리 부딪혀보는 편이 유익합니다. 자신이 직접 해 본 경험이 있어야 컨설턴트에게 더 정확한 것을 요구할 수 있고, 원하는 결과에 빨리 도달할 수 있기 때문입니다.

여러분이 코치로서 존재하려면 고객은 꼭 필요합니다. 지금부터라도 마케팅을 시작해보세요. 두렵고 걱정된다면 마케팅을 가볍게 공부해보거나, 다른 사람을 따라 해보는 것도 좋은 방법입니다. 각자의 상황에 맞게 최적화된 방법이 있을 테니 꼭 시도해보길 바랍니다.

진짜 제대로 성장하는 코치가 됩시다

이 책은 철저하게 20시간 이상의 교육을 받은 초보 코치들을 위해 쓰였습니다. 코칭 이론이나 프로세스, 기술을 설명한 책이 아닙니다. 그런 내용은 이미 교육을 통해 배운 상태라고 가정하고 썼습니다. 오히려 저만의 노하우가 더 많이 담겼습니다.

전문 코치를 위한 가장 실제적인 실천 가이드북

1장부터 3장까지는 코칭 교육을 받기 전에 보셔도 유용합니다. 코칭이 무엇인지, 코칭 시장 현실이 어떤지 제가 느낀 점을 토대로 솔직하게 적었습니다. 4장부터 8장까지는 20시간의 교육을 수료한 분들에게 특히 유익하리라 기대합니다.

한국 코칭 시장에서 1:1 개인 코칭으로 12년간 생존하며 많은 어려움이 있었습니다. 수많은 시행착오를 경험했습니다. 강의하면 더 많은 돈을 벌 수 있다는 유혹도 있었고, 모 대기업의 사내 코치로 들어오라는 유혹도 있었습니다.

그래도 전 한국에서도 개인 라이프 코칭으로 생존이 가능하다는 것을 증명하고 싶었습니다.

코칭은 정말 학벌, 나이, 지식의 수준과 무관하게 누구나 할 수 있다는 말. 제가 코칭을 배울 때 들었던 이 말이 사실이라는 것을 증명하고 싶었습니다. 그리고 이제, 역량 있는 코치들이 더 많이 생겨나기를 진심으로 바랍니다. 이 책이 저와 비슷한 고민을 하는 코치분들에게 도움이 되길 바라며 이제 글을 마칩니다.

저는 이 책이 살아있길 원합니다. 책장의 장식용이 아니라 코칭 현장에 들고 다니면서 궁금한 것이 생길 때 바로 펴볼 수 있는 책이었으면 좋겠습니다.

짧은 책이지만 완성할 수 있도록 도와주신 하나님께 감사드립니다. 그리고 항상 제 곁에서 응원해주고, 믿어주는 예쁜 아내 최미림 코치와 가족들에게도 감사의 말을 전합니다.

김태호 올림

3800시간

1판 1쇄 발행 | 2022년 1월 1일
1판 2쇄 발행 | 2022년 1월 5일

지 은 이 | 김태호

펴 낸 이 | 김무영
편   집 | 조한나
마 케 팅 | 주민서
표지디자인 | 차민지
본문디자인 | 이다래, 차민지
독 자 편 집 | 김순이, 김영희, 김태림, 김한빛, 문귀영, 박원진, 박의섭, 박재현,
            박현정, 유혜정, 장충환, 조유용, 진정아, 최미림, 최선영, 최원혁
인   쇄 | ㈜민언프린텍
종   이 | ㈜지우페이퍼

펴 낸 곳 | 텍스트CUBE
출판등록 | 2019년 9월 30일 제2019-000116호
주   소 | 03190 서울시 종로구 종로 80-2 삼양빌딩 311호
전자우편 | textcubebooks@naver.com
전   화 | 02 739-6638 팩스 02 739-6639

ISBN 979-11-91811-03-2 (03810)